大人の流儀11

a genuine way of life by Ijuin Shizuka

もう一度、歩きだすために

伊集院 静

講談社

もう一度、歩きだすために　大人の流儀11

もう一度、歩きだすために

この本は週刊誌に連載したコラムをまとめたもので、すでに十冊以上を出版し、これまでなぜか好評を得てきました。

好評の理由があるとすれば、最初の五年はあの東日本大震災が何だったのかを考え、書き続けたことでしょう。私があの災害の只中に暮らしていたことで、当事者としての発言に共感してもらえた点があったように思います。そのつどタイトルを変えて皆さんに届けました。

今回十一冊目になり、震災のあとに、私たちの目前に起こっているのは感染症のコロナです。日本人の大半は大震災と同様に、たとえ自分が感染者でなくとも、このコロナで家族、友人、知人が被害者となっています。

歴史を見てみると、我が国では大震災と感染症が百数十年に一度の頻度でやって来ています。

その度ごとに、私たちの祖先は、この災いをしりぞけ、生き抜いてきました。コロナもそうできるはずです。

私は、大震災は当事者としてこれを見つめ、どうすれば再建ができるかを考えています。現在は長い防潮堤が日本列島の東海岸に連なりはじめています。防潮堤に代わるものは、コロナの場合は何でしょうか。それは〝備え〟です。たゆまず備えをすることしかありません。

人は時折、傲慢になります。

現代人の、文明・文化の見方を眺めていると、日本人にも多く、傲慢な態度が見られます。「自分に限って」「自分たちは特別なのだ」と、日本人の大人も若者も考えがちです。

〝備え〟とは何でしょうか？

これは防潮堤の、高さや長さだけのことではありません。大切なのは、私たちの一人一人の内にあるものです。つまり、こころの中に、それがあるかです。

こころの〝備え〟こそが、災いや惨事、哀しみから、私たちを救ってくれるものなのかもしれません。

さて、〝備え〟を怠らないことも大切ですが、いざ災いの渦中に身を置いたらやはり、その善処（善い対処）が必要です。

私たちはいつもかつも災いの中に身を置いているわけではありません。〝天災は忘れたころにやって来る〟という物理学者・寺田寅彦の言葉があるように、すっかり忘れてしまった頃に、災害、感染症といったものがあらわれ、私たちに忍耐を求めます。不思議なことに、或る周期で、大震災も、大きな感染症もあらわれています。だから〝備え〟ざるをえないのですが、同時に、〝備える〟だけでいいのか、〝備え〟はどこまで必要なのか、と考えざるをえません。

私は〝備え〟のこころがまえとして、それらに遭遇する以前の〝備え〟と、いったん遭遇した時の対処も提案しておきます。

東日本大震災の折、私の経験をふまえると、只中に身を置いた人々は哀しみの連鎖に揺さぶられていることのほうが多かったように思います。

身内の捜索や、葬祭が日常になると、しょうがないと思っていても、なかなかすぐに再出発はできません。特にお年寄りや女性にはその傾向があります。

それでは無駄な動揺の連鎖になり、笑い声も暮らしの中から失われます。

「さあ皆さん、こうしていてはダメです。皆で立ち上がりましょう」と隣りの人の、仲間の手を握って、ともに立ち上がる姿勢こそが大切なのです。弱い握力であっても、誰かの手を取れば、立ち上がれるはずです。

立ち上がることができれば、次は少しずつ前へ歩みを出せるものです。

その皆と手を取り、立ち上がり、そして歩みだそうという考えまでを、私は〝備え〟のひとつだと思います。

さあ、立ち上がって。もう一度歩きだすために、私たちはこの日々を懸命に生きて行こうではありませんか。

あの大震災が、今は私たちの暮らしから遠くに思えるように、コロナもやがて、遠い存在に思える日はやって来るはずです。

今、家族や、知人、友人にコロナに巻き込まれて苦労し、懸命に戦っている人は大勢いますが、その人たちがこころの中で、「体調がよくなれば、立ち上がって歩きだそう」という意志を失わないことが大切です。
私も、あなたも、こころの中に、もう一度歩きだす強い意志を養っておくべきでしょう。

二〇二二年三月吉日

仙台にて

伊集院静

もう一度、歩きだすために　大人の流儀11［目次］
a genuine way of life by Ijuin Shizuka contents

第一章
笑える日が来る　11

ふいに思い出す
手を差しのべてくれた人
今になってわかる
君の後ろ姿
待ちのぞんだ日
一人、小径を歩いた
沈黙が切ない
ミチクサしていこう
また逢える

第二章
遠回りでも構わない　59

金は怖い
あるだけでいい
男気のある人
急がない
ゆっくり丁寧に
優しかった人
爽やかな風
流した涙
上手く行かないから

第三章
立ち止まってみる
101
君を見るほどに
変わらないもの
わからないこと
大切な別れ
おかしいな
節度がない
どうでもいい
たいしたものだ
世間の風は冷たい

第四章
忘れなくていい
145
こころの置き場所
海を見ていた
思い出の詰まった家
私たちは仲が良かった
信じる力
花の名前
少しずつ片づけよう
君はもういないのか
忘れなくていい

帯写真●宮本敏明
挿絵●福山小夜
装丁●竹内雄二

第一章

笑える日が来る

ふいに思い出す

不思議なことだが、悲しみ、もしくは悲しみの記憶は、ふいに、その当人に近づき、背後から全身を抱擁するかのようにやって来る。

この二行が意味するものが、何のことかよくわからない、とおっしゃる人はしあわせな人である。

ところが、世の中の成人した男女の、おそらく大半は、この二行が言わんとしている意味もしくは、そのような状況に覚えがあるか、そうでなければ、はっきりと、その悲しみの切ない姿を知っているはずである。

ふいに、と書いたが、この表現は普段私たちの暮らしの中で使うことはあまりない。

意味としては、予期せぬ時に、とか、思いがけずに、唐突に、というのが妥当なのだろう

が、ビジネスの書類や、解説書、ましてや小説にはほとんど使わない、それほど困った表現でもある。

人は自分に、あまりにも悲しいことが起きると、最初、戸惑い、興奮し、尋常のこころ持ちではいられなくなる。涙する人もいれば、押し黙ってしまう人もいる（人によっては寝込んでしまう場合もある）。

特に近しい人、親しい人との別離は、当初の悲しみがようやくやわらいで、なんとか一人でこの悲しみも克服できたようだ、と思っていたりすると、何でもない時に、普段の暮らしの中にいるのに、悲しみは突然やって来る。もうすっかり忘れて、笑うことも、何かにワクワクするようなこともできはじめていたのに、悲しみは平然とやって来て、当人を戸惑わせる。

厄介この上ないが、当人しかわからないので、周囲の人は気付かない。その上、状況を説明しても理解してもらえない。

悲しみにつつまれた人が、友人や家族、知り合いにいて、救うとまではいかずとも何とか力になってあげたいと思うのは、人の情である。

大人の行動としては間違っていない。

では、そういう人に手を差しのべてあげれば、それでいいのか？

――違う。

当人としては、むしろ放って置いて欲しいと願う人が大半である。なまじわかったようなことを言われると、腹が立つ。

極端な場合、あまりの哀しみに、「あなたに私のこの気持ちがわかるわけはないでしょう」と開き直ったり、手を差しのべたり、声をかけた人を逆恨みしてしまうことは多々あることである。

ではどうしたらいいのか？

――放っておく？

それも違っている。

手を差し出さずとも、気にかけてあげる。時に、「元気？　うん、頑張って下さい」くらいの声掛けはすべきなのである。

自分一人が放ったらかしになっている、と思うのも、それはそれでマズイ状況になる。

――どうしたらいいんだ？

いやはや、悲しみの隣りにいる人は、それくらい繊細で、微妙な精神状態であるし、実際、弱っているのは事実なのである。

私の対処法は、時間がクスリ、という考えである。時間の持つ力は、私たちの想像をはるかに越えるもので、やがて時期が来れば、悲しみもやわらぐし、一番必要な、忘れる（当人は否定するが）ことが多々起こるようになり、周囲で起こった珍事に笑い出すことさえ起こる。

――あれ、今、私、笑っていた？

こうなれば回復は早い。早いのだけど、冒頭に書いた二行がやって来るのである。

嘘ではないし、いつまでも悲しみを忘れられない、その人がおかしいことでもない。

人間とは、そういう生きものであり、人生とは悲しみと、必ず遭遇するものでもある。


私は愛犬を亡くした。

犬と人を一緒にしてはイケナイが、仙台の自宅に居る時は、家人と一緒にいるより、その犬とともにいることのほうが長かった。

溺愛したことはない。普通に、人と犬が同居して過ごして来た。ただよく声を掛け、相手もそれを多少理解していたようである。

「オイ何をうろうろしてるんだ。喰いものか？　それはわしからは与えられんぞ」

と言って、私はすぐに仕事に戻る。

夜半、仕事が一段落して庭に出ると、近くで休んでいた彼も、ムクッと起き出して庭にあらわれる。

「ヨウ、起こしたか？」あとは無言で、星を仰いだり、積もった雪の深さを見ている。

先週、家人に頼んで、仕事場の机の上に何点か立ててある写真立ての中の、犬の写真を替えてもらった。

家人と犬が大好きだったお手伝いさんが、十数年のベストショットを送って来た。仔犬の時のスナップもあれば、元気だった頃のものもあった。

時折、仕事の手を休めて、その写真を見ては笑い返す。ところが、この他愛もないことで、犬の記憶があざやかによみがえり、何やらせつない感慨を抱くようになった。それも面倒なので、仕事の間は、写真立てに小紙を貼っている。

私は若い時代に、たった一人の弟や、新妻を失くしたり、ともに野球をした友人と死別した。十五歳から二十五歳くらいまではやはり辛かった。こんなふうに他の人より別離の経験が多かったので、今は丈夫な部類に入るだろう、と思っていたら、なかなか犬のことで戸惑っている自分を見て、少し驚いている。

手を差しのべてくれた人

毎朝、目覚めて部屋のカーテンを開ける度に、目の前に降り注ぐ雪片を見て、肩を落とす。

——また雪か……。いったい春はいつ来るのだ！

いささか怒りを込めて白い庭を睨む。何をそんなに憤っているのか？

天気が良ければ散歩へ、さらに好天ならまぶしい緑のゴルフコースのフェアウェーを歩こうと望んでいるからである。

病いに倒れた二年前なら、考えられないような心境である。

二年前の春は、病室の椅子に腰を下ろし、夜半から夜明けまで、

——果たして、私は生きていけるのか？

と動きの悪い左手や、両足を拳で叩きながら、まず一年以上生きながらえるのは無理だろう、と思っていた。

手術直後は、ほぼ全員が、あれでは命をつなぐのが精一杯だろう……、と考えていたらしい。仕事の復帰？　冗談でしょう。筆を持てるかということより、破損した脳が元に戻るかどうか……。

それが、今朝、雪を見て怒っている自分にまで恢復《かいふく》したのは、これは一にも、二にも、リハビリテーションとスタッフの方のお陰である。一人で歩けない自分が、壁に、棒に手を掛け、少しずつ前へ進みだしたのは、介護の看護師、医師が厳しく、リハビリのテーマを与えてくれ、当人も歯を食いしばって続けてきたからだろう。

倒れた直後、大半の人が延命も難しいと推測していた時、あの大人しい家人が、「もう一度筆を握らせて仕事をしてもらいます」とマスコミに言い切った。

その記事が、一昨日、仙台の仕事場の整理をしている時に出てきた。

大きな見出しに〝予断許さず〟の文言がドーンとある。それがやがて一ヵ月後の退院で、〝奇跡の退院〟〝最初の仕事はS社の若者へのメッセージ。きちんと若者は苦労しなさい！甘いこと言ってるんじゃない〟とある。

それでも依然、眠れぬ夜は続いた。

再発、死への恐怖……などであった。しかしそれも、再手術を去年の六月に成功し、何とか今年の春まで踏ん張れば、その先は長く仕事ができるかもしれない……。ヨォーシ、それならやってやろうではないか。

そんな時に、ベストドレッサー賞やら、本業の小説出版の貢献で、K談社の出版文化賞を頂き、周囲からこう言われた。

「顔を見たが、思った以上に元気で、あの強い眼力が戻っているよ」

それでも当人は何かと不安は拭えぬが、いつまでも心配してどうするんだ、このぐうたら作家よ。ちゃんとしろ。と自戒し、春を迎えている。

ひとつひとつを克服して行くことだった。北野武さんからも、「或る時、頭の中が、コンピュータがつながり、脳がひろがるようにクリアーになるよ。伊ー兄さん（私のこと）、無理せずやってください」と励ましを頂戴した。

——そうか、たけしさんもバイク事故の折、大変だったんだ（世間は知らぬが、命のギリギリまで行っていた）。それが見事な復帰で映画も何本も撮られて、黒字映画連発の大監督である（サスガダナ〜）。

私も頑張らねば。今春、久々に北野先輩とゴルフコースを歩きたいものである。

仕事場の片付けをしていると、入院当時、一人の作家が何をしていたのか、さまざまな資料から、その姿があらわれてくる。

――こんなに仕事をして、こんなに毎晩飲み歩いていたのか……。これじゃ倒れるナ。

病室で、ずっと私の名前を呼び続けてくれた家人、娘に頭が下がってしまう。

当人は、その時、意識不明で気付かないのだから、今こうして状況を把握すると、恥ずかしい限りである。

中断していた新聞連載を再開し、一冊の本を上梓することができた。

このコロナ禍の中で、何とかやっていこうとしている私を見て、「スゴイ体力だ」「ミラクルだ」と言う人がいるが、それは違う！

私に手を差しのべてくれた人が数え切れないほどいてくださったからだ。

養老先生は〝ヒトの壁〟とおっしゃっているが、私もその壁を信じたい。這い登ろうとする私に「ヒトの壁」は、私の手を、足を、肩を、尻を持って登らせてくれている。

こんな自分勝手な作家に、よく皆がやってくれるものだと、世間というものの力強さにつくづく頭が下がる。

もう一度、歩きだすために、いったいどれほどの数の愛情が注がれているのか。

だからそういう立場の人は、決してあきらめたり、嘆いてばかりではダメなのだろう。

来春になれば、今までやったことのない小説に挑むつもりである。さあ歩きだそう。

今になってわかる

まぶしいほどの朝の日差しだ。

仙台の仕事場の正面に、表の庭を見渡せる窓があり、そこから冬の朝日が差し込む。

――もう春の気配に満ちた光だ……。

昨夜半、寝所の枕のそばで何か気配がし、そちらに目をやると、虫影が畳の上を走った。蟋蟀《こおろぎ》か？　いや、秋はとうに去っている。ということは、やはり春の虫である。名前はわからぬが、蜘蛛だ。まだ脚がやわらかそうで、黄緑色の蜘蛛の仔である。

私は思わず微笑んで、春を告げる生きものを見つめた。少しきょとんとしているようにも見えた。可愛いものだ。

子供の頃なら、この虫に少しおじけづいたが、仙台で二匹の犬を飼いはじめて、生きもの

に対しての見方が変わった。彼等の瞳に見つめられるようになってから、庭に来る鳥も、虫も、皆あいらしく映るようになった。それは家人も同じで、いつの頃からか殺生をやめて、そっと逃がしてやるようになった。大声を上げていた女性が、変われば変わるものである。

珍客でもないが、今朝は仕事場から見える雪の残る庭に二羽の鳥がやって来て、けたたましく鳴いた。

「ハイ、ハイ、ワカリマシタ……」

家人が鳥の言葉を話せるかのように言って、果実を切って針金で巻き、庭の木の枝に吊るした。新しい家族の猫が窓辺でそれを見ている。すぐに二羽は家人のそばまで飛んで来て枝にとまっている。まるで家族である。

早々に部屋に戻ると、この数日、ノボ（愛犬の名前）の写真の前に点っていたローソクが、私の父の写真の前に移っていた。父の命日は十年前まで、その日になると俳優の高倉健さんと、私の兄代わりのS氏から供養の花が生家に届き、花好きの母が喜んでいた。しかしそれも七回忌で終えてもらった。

父の遺影の前で揺れるローソクの灯りを見ながら、多くのことを父から学んだことを思い

出した。父が教えてくれたものは、その時はよくわからなかったが、亡くなったあとになって、

——そういうことだったのか。

と思えることがいくつもある。

父はよく、人との距離の置き方を厳しく言った。それは実尺の距離ではなく、人の話を聞いたり、接する時の姿勢、気持ちの構えのようなものだとわかったのは何年も後のことだった。

父は私が小説を生業とすることにずっと反対だった。「おまえだけが成功すれば、それで良いように見える」とか「詐欺師に似ているところがある」と物語をこしらえることについて思い込んでいた。反論をさせなかった。反論を許さない人だった。

父は後継ぎの私が誕生することを願った。しかし姉三人が立て続けに生まれ、ようやく男児として誕生した赤児を、生まれて半年間は離さなかったらしい。その後は教育をすべて母に委ねた。だから私が作家になった時、父は母を叱責した。文学賞の類の宴席もいっさい出席しなかった。逆にそれが、私の仕事の枷《かせ》となり、イイ加減な仕事をせずに済んだのかもしれない。

父が亡くなった後で、私は父の若い時代の母への想いを行動にした小説を書いた（『お父やんとオジさん』講談社刊）。仙台の仕事場で徹夜で、作品のヤマ場を書き終えた時、窓から差した朝日のまぶしさは今でもよく覚えている。

今はもう幾晩も徹夜で仕事をする体力はないだろう。それでも少しずつ体力は回復している。

親が子供に対してできる教えや、教育はさまざまだが、〝親が子供にする最後の教育は、彼、彼女の死である〟と言う人がいる。

つまり自分が死ぬことで、そこで初めてはじまり、初めて教えることができる教育があると言うのである。この教育の意味も、私は今まで何度か実感しているが、

――そうか、このことを父は私に言おうとしていたのか……。

と初めてわかる教育は大変、意味深いものであったりする。

父と子であれ、母と娘でもかまわぬが、人の死はテキストや教科書とは違い、寡黙の中の言葉であるから、人々の内面にたしかなものを刻むらしい。

「いいか、失敗、シクジリなんて毎度のことだと思っていなさい。倒れれば、打ちのめされたら、起き上がればいいいんだ。そうしてわかったことのほうが、おまえの身に付くはずだ。

大切なのは、倒れても、打ちのめされても、もう一度、歩きだす力と覚悟を、その身体の中に養っておくことだ」

いずれにしても生半可なものは少ないのである。

君の後ろ姿

都内のちいさな交差点でタクシーに乗って、歩行者が過ぎるのを待っていたら、ちいさな少年と母親が過ぎて行く姿を見た。まず目についたのは、振りむき振りむき横断歩道を渡る少年の嬉しそうな顔、表情だった。

よほど、外に散歩に出かけられたことが嬉しくて仕方ないのだろう。

その振りむく少年の動作を見ていて、亡くなった東北一のバカ犬を思い出し、鼻の奥が熱くなった。

私はバカ犬が待つ仙台の家へなかなか帰ってやることができなかった。どれだけ彼の望みを叶えられなかったか、と今でもすまなかったと思う。

近しい人、近しい友の死は、あとになって切ないほど自分の身に、身上に迫って来るものである。

そのことは、十七歳で海難事故で亡くなった、たった一人の弟の死で、十分過ぎるほどわかり、承知していたつもりであった。ましてや二十七歳の若さで亡くなった新妻の面影が、今でも何かをするにつけあらわれて、戸惑う自分も十分に承知しているのである。それでもなお、東北一のバカ犬を自分がこれほどまでにいとおしく思っていたのかと、家人から送られて来た写真を仕事場の前に立てかけ、その何でもない表情を見る度に痛感する。そこからあふれ出すようにあらわれる、私とバカ犬の至福の時間に、ただただ気持ちを揺り動かされて、戸惑うばかりなのである。

だからと言って、バカ犬がいかに素晴らしい犬であったかということを書くわけでもないし、何をするにつけ、折に触れずとも思い出してしまうバカ犬への慕情を書くつもりもない。

私はかつて、人の死は、もう二度と逢えないというだけのことであり、それ以上でも、以下でもない、と書いた。

しかし今となっては、深夜の仕事場でなにげなく立ち上がった時、その床の上に、私を見上げるバカ犬がいて、尾を振り、舌を出し、少しゼイゼイしている彼を、両手を下に差し出し、かかえ上げることができたらどんなにか、と思ってしまう。私も彼も、生きて逢えたことの素晴らしさを確認できるだろうに。

私が少年時代、父から教わったことのひとつに、「いいか、グズグズした男になるな。他の人より金がある、頭がイイと自慢するような男になるナ」というのがあった。

だから私は、バカ犬の写真を深夜の仕事の合い間に見て、グズグズとはしないのである。

果して、この原稿を編集部へ送るかどうか、私は戸惑っている。なぜなら私は大人の男で、泣くのは、女、子供のすることなのである。

女は私にとって、大切な存在であり、子供は、私がそのために懸命に働き、生き、税金を払う、日本というこの国の未来だ。

私はバカ犬と十七年間を過ごした。

しかし半分は東京にいたので、正確に言えば、十年間にもみたない。バカ犬とまるまる歳月を過ごしたのは家人である。

私は家人とバカ犬の関係に、

――そうか長い間二人して生きていた時間というものは、これほど素晴らしいものなのか。と気付かされた。特にバカ犬の死の直前から亡くなってしばらくの時間で思い知らされた。

「そう、そうね。嫌だったのね。そうね、嫌だったのね……」

家人にそう囁かれているあいだ中、バカ犬は吠え続けていた。

それでもやがて、バカ犬は静かになる。

「嫌だったのね」という言葉は、バカ犬一匹を家に残して皆が出かけて留守番させ、そのあいだ中のバカ犬の気持ちを家人が代弁しているだけのことなのだが、その会話には同じ生きものとしての敬愛があるのである。

しばらく吠え続けたバカ犬も、やがて私のかたわらでなく、彼女のそばで目を閉じるのである。

――そうか、あの時家人が急に、「あの犬はあなたを好きでしょうがないみたいなの」と言い始めたのを含めて、すべて、バカ犬と彼女の会話の中で起こっていたものなのだ。

それでも、私にはあれほどしあわせな十年はなかったのである。バカ犬は私が帰る度に異様に吠え続け、喜び、迎えてくれた。

バカ犬とお兄チャンのアイスのことを思い出す度に、二匹と家人がずっと過ごしていた時間はいかばかりか愉しく、何かに見守られ、与えられた時間であったろうかと思う。

「オイ、どうしてた？」

私は帰ったばかりの夜、必ず二人きりになった時に訊いた。

彼はただただ尾を振り、顔中を舐めた。

何やら書く度に、切なくて仕方ない。

待ちのぞんだ日

海を越えたアメリカ大陸のオーガスタ・ナショナルゴルフクラブで、松山英樹が第八十五回マスターズ・トーナメントを勝利した。四日間、いったい何人の日本のゴルフファンが、深夜から早朝まで眠い目をこすりながら、松山選手のプレーを観戦し、応援したことだろうか。

昨日、私は楽しみのひとつであるゴルフへ出かけた。気ごころの知れた人たちとである。天気も良く、クラブハウスの中へ差し込む陽差しは、初夏を思わせるようだった。

普段と違うところは、レストラン脇に置かれた大型テレビ前で、何人かのゲストが画面を見つめていたことだった。そこに、松山選手の大会三日目までの活躍が放映されていた。三日目の後半戦は、まさに松山の圧巻の強さに大半の人が驚かされた。４バーディ１イーグル

で7アンダーという成績で、彼はマスターズ・トーナメントの最終日を最終組の一位の立場でプレーすることになった。

「皆で彼が勝つように祈ろう」「そうしよう」

「いやマスターズの優勝は大変だぞ」

そのゴルフコースにやって来た大半のゴルファーが、翌日の最終日の松山選手の活躍を期待していた。そうして先刻、彼は18番ホールの丘へむかうフェアウェーを、立ち上がって拍手を送るパトロンたちに迎えられて歩いていた。それは勝者の可能性を持った選手だけが受ける栄誉である。

——まさか、この日が来るとは……。

私はテレビ画面を見ながらつぶやいた。

この十年間、私は松山選手の勝利を祈ってマスターズを観戦し続けた。そうして、去年ならダスティン・ジョンソン、一昨年なら復帰したタイガー・ウッズが、この丘を拍手で迎えられて登る姿を見ながら、

——ここに英樹君の、こうした姿を見る日が本当に来るのだろうか。

と正直、何度となく思った。

それが現実となって、彼が堂々と歩いている。ファンにとって、それもかなりのエコ贔屓《ひいき》をして来た私にとっては、彼のその姿を見ることができたのは、まさに至福な時間だった。彼にも礼を言わねばならないが、それ以上に当人が人一倍の努力と、人の何倍もの試練に耐えて来た栄誉なのである。

マスターズに関する限り、彼の十年間はまさに敗北を噛みしめざるをえない十年だった。大半の選手は十年、敗北が続くと、この戦いから離脱して行く。それが当たり前なのだ。それほど敗北は選手にダメージを与える。しかし松山選手は、この敗北に耐え、練習量を増やし、マスターズにむかって汗を（時には涙を）拭い、踏ん張って来た。

敗北は彼に、とてつもない忍耐力を与えた。これほどの忍耐力を備えた選手は、アメリカPGAツアーでもおそらくいまい。

松山選手の勝利の瞬間、携帯のメールの着信音が何回となく鳴った。

〝先生おめでとう〟という言葉が何人からも送られて来た。歌手で役者の大友康平さんからは、〝松山さんがやりました！　師匠（私のこと）のコラムの予言通りの快挙です。久しぶりに感動しました。大友〟とあった。私は大きな手術をし、退院した後に、二度も〝松山英樹さんの今年か、来年のマスターズのとてつもない活躍を期待して欲しい〟と書いて、「おや珍しいね。伊集院さんが特定の活躍をこうして書くのは」と驚かれ、「いや、そういう気がするんです」と言うしかなかった。

それが現実になったので、多くの知人から祝福のメール、SMSが届いたのだ。自分がしたことではないのに、何と反応していいのか戸惑ったが、それでも嬉しかった。

結婚をし、子の父親となり、家族に対して、父がどんな仕事をしているのかを暗黙のうちに示した。たいしたものである。

いや、本当におめでとう。英樹君、奥様、そして二世さん。


こんなお祝いの時に、これを書くのもどうかと思うが、数日前の夜半、仕事が少し遅くなっていた折、携帯電話の着信音が鳴った。午前零時四十五分である。

――田舎の母に何かあったか？

――闘病生活をしている知人に何かが？

携帯電話のメールを見ることがためらわれた。こんな時間の着信は、慶事《けいじ》、良い報せの訳がない。明日あらためて見ようと思い、仕事を続けた。それでも、やはり悪い報せは早く知るべきなのは、大人の常識である。

思い切って携帯を開くと、なんとNTTからの、私の電話に残るギガ数が少ないから早く補充してくれ、という内容だった。

——嘘だろう。こんな深夜に、ユーザーたちにNTTは平然とメールを送りつけているのか。しかも謝りの言葉一行もなしにである。

——NTTドコモとあるが、どこがドコモじゃ、コドモ以下の仕事をしやがって。

ソフトバンクも、楽天も嫌いだが、今回のことでNTTドコモは大嫌いになった。たしかNTTドコモは新社長を迎えた。新聞で写真を見たが、現場出身らしい叩き上げのイイ面構えの人だった。NTTよ、これが君たちが新社長就任祝いで贈る仕事なのかね？

松山選手への祝福が怒りになって申し訳ないが、怒りと鉄は熱いうちに台に乗せろと言うから、仕方あるまい。

一人、小径を歩いた

いささか過熱気味である。松山英樹さんのマスターズ優勝の騒ぎである。どこもかしこも松山君の活躍の話で持ち切りであった。その騒ぎの一翼を自分も担っているのだから、何とも言いようがない。私は彼と二、三度挨拶を交わし、去年の春先、ゴルフ練習場で少し話をしただけの間柄である。たしかに彼がアメリカに渡って以来、ずっと応援して来た。そんな人は大勢いるし、私だけが特別な立場ではない。ただ安心したのは、私が彼を育てたとか、私の力なくしては今日の彼はいない、と平然と言う人がいなかったことである。勿論、私は何ひとつ関係ない。あそこまで騒ぎになると、スポーツマスコミは礼儀知らずであふれているから、誰かしら、そういう不穏、不逞の人物があらわれるものだが、松山君には一人も存在しなかった。

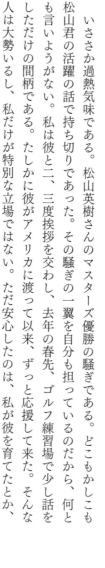

――なぜか？

それは彼が基本、一人ですべてを判断し、敗北を一人で引き受けて来たからだ。数名のスタッフが常にいたのは知っている。それでも彼は一人であった。その証拠に、毎年、勝者の18番グリーンでウィニングボールをポケットに入れた後、家族が駆け寄るが、それもなかった。特にクラブハウス横の樫の木へ続く小径では、家族、関係者が涙ながらに勝者と抱き合う。しかし、彼はたった一人で、黙々とその小径を歩いていた。こんなマスターズの勝者は私が観戦してきた三十年間、一人もいなかった。タイガー・ウッズは父親のアールと涙ながらに抱擁した。バッバ・ワトソンなど大泣きだった。あの小径で勝者は何度も祝福と抱擁を受け、それをテレビは見逃さないように、感激のシーンを演出し、世界中に発信する。それが何十年もの恒例であり、勝利の実感でもあった。

ところが彼はただ一人、〝勝者の孤独〟を黙って引き受け、淡々と歩いていた。もしコロナ禍がなく、新妻とお子さんが渡米できていれば、妻を抱擁し、子供を抱き上げたに違いない。やはりコロナ禍、次に十年の敗北の状況が、それを許さなかった。彼が十年間どう生きていたかを証明するのに、これほど当を得た姿が他にあるだろうか。勝っただけで、猫も杓子もやたらと騒ぐプロゴルフの現状の中で、あれほど絵になるシーンはなかったように思う。まさに〝勝者には何も与えるな〟という重い言葉が納得できる数分間だった。
もうこれから先、これと同じシーンはまずあり得まい。この勝利は、真の勝利である。つまり真の勝者なのだ。

真の勝利、勝者とは何か？

それは何ものもかわることのできないものだ。わかり易く言えば、金で買えないのである。世界中のすべての富を持つ者が、マスターズの勝者の称号が欲しいと言っても手に入らないのだ。だから真の勝利、勝者に、私が言う〝勝者には何も与えるな〟という言葉をそのまま重ねることができるのである。

何も与えなくていいのであれば、私は一言言おう。五年ひとつの国に滞在して、感謝の言葉をきちんと話ができない二十九歳の青年が、現代社会のいったいどこにいるだろうか？
たしかにお粗末過ぎた。

十二年前の松井秀喜のワールドシリーズのMVPのトロフィー授与の折も、ひやひやしながら見ていたが、何とかなったのは、松井君の勘の良さと、礼儀について、よく考察していたからである。それでもいただけなかった。贔屓と呼ばれるファンは、少々の失敗や欠点があっても、それがどうしたとすべて許し、引き受けるファンである。

私もそうしたいが、あの、イエスとサンキューは意味、意志はわかるが、やはりいただけない。少し厳しいことを言わせてもらえば、あなたに活躍の場所を与えてくれた国の、母国語を少しマスターするのは、大人の男の礼儀である。それでも贔屓はかまわないのだが、二十九歳の今は、ああだったことを忘れないでいてくれればそれでいい。なぜなら、彼はもう一度も、二度も、あの場所へ立つことになるからだ。

仙台の家は、犬たちが去って、猫がやって来た。お手伝いさんの猫（咲羅《さら》）は本当に可愛らしいが、我が家の亜瑠母《あるぼ》は相当に変わった仔猫らしい。家人に言わせると悠然としている姿はライオンのようだし、朝、彼女の枕の隣りで目を開けた時はゴリラの仔かと思ってしまうオカシサがあるらしい。竹内まりやさんも、阿川佐和子さんも家人がメールで送った映像を見て、ナンテ可愛イノ、とおっしゃったようだが、これは社交辞令であろう。

今日、夕刻に初めて逢うが、ノボと逢った午後のような感激が果たしてあるだろうか。

少年の時に生家では、妹が飼っていた猫を見たことも、野良猫が勝手に家に入り込んでのさばるように歩く姿も見たが、手で触れる気持ちにはなれなかった。

先日、私の親友だった男の奥様で漫画家の大和和紀さんから指導を受けた。

「伊集院さん。猫はさわりに行ってはダメ。あなたのような身体が大きい男性は怖がるから近づかないのが賢明です。一にも二にも放って置くのがヨロシイ。人より自分たちのほうが偉いと思っている生きものだから」

私は、〝目覚めの顔がゴリラに似ている〟という点にだけ興味があって面会に帰る。ノボの夢を見ない。よほど私たちは仲が良かったのだろう。

沈黙が切ない

雪が降り積もる庭を見ながら松の内を過ごした。北の地は、冷たい初春だった。

この頃は若い時と違って、新しくやってくる一年が、希望と夢に満ちていればとは思わない。それでも何かしらの新しいものとめぐり逢えればと思う。

厳しいことばかりはカンベンして欲しい。

——厳しいことが続く年がありましたか？

なくはない。それは人生だもの。皆と同じだし、私などラクなほうだったのではと思う。

誰しもが厳しい時間を経験している。

皆そういうものを乗り越えて、今朝も、夕べも街のどこかを、町の小径を、平然と歩いているのが、世間というものらしい。

以前、新聞社のアンケートで、現代人の中で、胸に残っている印象的な言葉というのがあって、スティーブ・ジョブズ（アップル創業者）と並んで、私の言葉がトップだったことがあった。報せを受けて、何かの間違いだろう、と届いた紙面を見ると、本当だった。

私の言葉は、このようなものだった。

〝人はそれぞれ事情をかかえ、平然と生きている〟

何が特別、印象に残ったのか、わからない。

ジョブズの言葉はもっとスマートで、恰好良かった気がするが覚えていない（失礼）。

その一行は、どこかで何とはなしに書いていたのだと思う。

わざわざ、他人のかかえる事情までをわかったように書いているのだから、何かがあったのだろう。

妙な書き出しになったが、実は人生で初めて少し長い入院をして、退院、仕事の再開と、私にとって珍しい一年余りだった。その日々はいささか、ぎこちないと言うか、以前のような、無理とも思える仕事をしたり、よく飲み、よく遊んでいた生活が一変し、初めて慎重に歩きだした一年だった。

松の内はテレビを見る機会が、私にしては多かった。このところテレビを見ていても、ブラウン管の中の人が誰なのかわからない。特にお笑い芸人の若い人はまったく名前さえわからない。その人たちが勝手に笑い、好きなことだけやっているように映る。

なぜ、こうなったか？

制作にカネがかけられないからだ。テレビは大丈夫なのか。

逆に、去年一年の出来事には、そこから思うものもあった。

印象に残ったのは、松山英樹さんの勝ったゴルフのマスターズ・トーナメントの再放送で、見ていて、必死で戦う二十歳代の松山のけなげな表情を見ることができて新鮮だった。

そうか、今の日本人のプロゴルファーにないものが何か、よくわかった。この先何年も日本人の強いプロはあらわれないナ、と確信した。

顔が、表情がやはり違っていた。松山と同世代のプレーヤーをほぼ全員見て来たが、世界の強豪に太刀打ちできない。

「この状況を勝ち抜かねば自分がなぜここで戦っているのか、自分は何者であるかを証明できない！」と思って世界の強豪たちはやり抜いて来たのだから、国内で何とか生きて行ける環境にある日本の男子プロが戦い抜けるはずがないのである。それじゃスポンサーがつくはずがない。

マスターズ放映を見ていて、いや本当によく勝ったものだと再認識するとともに、喜びを再び味わった。今年も頑張って欲しい。

彼にとって、これからは技術の向上より、ゴルフの考え方を習得することが次の勝利への課題になるだろう。


東北一のバカ犬だったノボが亡くなってすぐには、茫然とするだけだった。犬との別離は五頭目なので、大丈夫かと思っていたが、そうはいかなかった。今ではペットロスの人の気持ちがよくわかる。

一日に数度、ノボのことがよみがえり、最初は舌打ちをしたり、知らん振りをしていたが、今は揺らぐ思いをそのまま受け入れている。

それでも切ないことに変わりはない。

今でも深夜一人で仕事場にいて、物音がするとそちらに目をやるが、闇があるだけだ。

「いつまで起きてんだ！　早く寝ろ」

沈黙が切ない。切なければへこたれてもいい。それでもともかく、人は歩きだすしかないのである。

ミチクサしていこう

十数年間、休むことなく続けていた連載を、初めて休載した。体調でも悪かったのか、と何人かの人から連絡を受け、改めて責任を感じた。

――休みなしで来たのだから何とか頑張って欲しい。

その何とかができなかった。休載の最大の理由は視力の低下である。七、八年前、左目が黄斑変性と診断され、進行を防ぐために眼球に直接注射をしていた（痛そうに聞こえるが、そう痛くはない）。それが病気に倒れて入院し、手術等が続き、眼医へ通えなくなった。その一年半に左目の視力は落ち、合わせて右目にも黄斑変性がひろがった。

どのくらいかというと、横断歩道の信号の判別がつかない。一度、飛び出し、トラックに轢かれそうになった。以来、左右の信号待ちの人に動きを合わせて歩くことにした。

ゴルフをしていて、自分の打ったボールの行方がわからない。ボールが何とかグリーンに乗っても、それを見失ってしまう。グリーン上で、キャディーさんに「私のボールはどこですか？」と訊くと、数メートル前にあったりする。そんなだからゴルフは四苦八苦になる。本来の面白さもなくなった。

ゴルフという競技は〝準備が八割〟だから、いち早く自分のボールを見つけ、そばに行き、ボールの置かれた状況を判断し、自分の実力ではどんなプレーで対処するかを素早く判断し、順番が来ずとも（最近のルールでは）打って、すぐに自分のボールのもとへ行く。このくり返しである。ところがボールが見つけられないのだから、どうしようもない。

それでも今もプレーしているのは自分の肉体のバランスを回復し、健康体にするためである。

ゴルフはイイが、困ったのは読書、文字を読めないことである。ルーペを手にして文字を追うが、日本語はほぼタテ書きで、ルーペはマルイ。だから文芸賞の選考など、ほとんどできない。今月も二つの選考委員を断わった。若い時から親しんだ小説誌の新人賞だったりすると口惜しい思いが残る。

さらに困るのは文字を書くことである。

約二千文字から三千文字を暗記しておいて一気に書くが、「最近、伊集院さんの文字が読み辛くなった」と若い編集者の声が聞こえ、執筆さえも断念するか、と今も苦悩している。

そんな中での休載であった。

「H君、どうかね？　一週間原稿がない日々というのは楽かね？」

「いや、淋しいと言うか、正直、少し辛いですね」

「辛い？　私は楽チンと言うかと思ったね」

「それはありませんよ」

さすがに善い編集だ。

上京している午前中は常宿の周囲を歩き回る。路地から階段、そして大通り……。ここらの道は、かつて夏目漱石が歩いていた場所である。通った小学校も常宿のすぐ裏だ（錦華小学校）。

正岡子規、米山保三郎、高浜虚子などと俳句を語り、文学とは何か、と語っていた下宿のあった場所は、今はスキーショップだったり、ギター店であったりする。

何とか見えるように眼鏡を直しにやってきた店は、かつて漱石先生が待合室で一目惚れした女性も通っていた井上眼科病院の一階である。彼女を一目見たいと漱石先生は駿河台のてっぺんに登って来て、痛くもないトラコーマを、痛い、痛いと嘘を訴え、彼女の来院を待ったという。可愛い人である。

そうなのである。夏目漱石という人は、この人の人となりに踏み入れば入れるほど、人間味があり、そしてユーモアに富んでいることがわかる。

私が漱石について書いた新聞連載は、途中の休載もあったが、二年と少しで書き上げた。十一月十五日には書籍となって世に出る。嬉しいことである。『ミチクサ先生』なる題にした。〝人生はストレートで行くより、あちこちミチクサしたほうが面白い〟という意味合いだ。

漱石と言えば、すぐに文豪とか、大先生と連想されようが、私の本の文章は中学生の学力なら十分読める、笑える、ナルホドとうなずけるものにした。

この原稿を書いた今日の午前中も、漱石と正岡子規が通った鰻屋の前を歩いた。

もうすぐ見本が届く。そうしたら山口県の母のもとに持って行くつもりだ。母が初めて、私に読むようにと持って来た本が『坊っちゃん』であった。こんなことをするのは作家になって初めてのことである。なぜそうするのか、理由はよくわからない。

ともかくあちこち、ミチクサして故郷を目指そう。

母との再会は、彼女が一番喜んでいるだろうが、七十過ぎの作家が百歳の親に本を届けることがどうなのか。どうなるやら想像もつかない。

――善い秋の一日になればいいが……。

また逢える

自宅がある山のほうから仙台の市内に降りて、用事を済ませると、時刻が夕方に近く、食事に寄ることがある。
私は外食のチェーン店が苦手で、そうではない店でも、なぜかちいさなどこかの店に入る。この頃はコロナ禍で、目の前に店があればとっとと入る。私は身体が大きいので、入店すると店の人にも、客にも、この人、誰？　場違いなのが来たな、という顔をされることが多い。
カウンターの隅に座って注文する。
私は食事を摂るのが遅い。東京で長くお世話になっている老舗の洋酒メーカーのS会長と並んでゴルフの合い間の昼食を摂ったときのことである。同じ天ぷらソバを注文し、勿論、同じタイミングで二人の目の前に温かいソバがドンと置かれる。私がハシを手に、さてまずはソバをと碗を引き寄せると、隣りで、ご馳走さん、と声がする。エッ！　まさかもう食べたのか？　と相手の碗の中を見ると、天ぷらもソバも、ツユまでそっくりない。すでにハンカチで口元を拭い、「君、コーヒーをください」と声をあげられる。テーブルに来た従業員の女性も、えっ！　もう召し上がったのですか？　とS氏の顔と客の碗を、口を開けて見ている。

かなりのサイズの天ぷらと決してぬるくないツユを一瞬の内に飲み込んだのか……。食道とか胃が火傷《やけど》しないものなのか？　味などわかったものではなかろう。

「文豪（S氏は私をこう呼ばれる）、今のソバはなかなかだったね。天ぷらもカリッとしてよく揚げてある」

子だくさんの家に生まれて、生き延びるために、生存競争を耐え抜くために、早食いになることはあろう。私は数年前、この人の祖父で、日本のウイスキーの父と呼ばれる人物の伝記小説を執筆したが、孫のS氏の家庭内で生存競争があったとは聞かなかった。

食事だけではない。同じゴルフ場だが、風呂など、私が脱衣所で汗に濡れたシャツを脱ごうとしていると、目の前を失礼、と通って湯室に入る。私がシャツをたぐり寄せ、両手を上げて脱ぎながら首と顔を出すと、目の前に火照った裸体があらわれ、お先に、イイ湯だったよ、と言われる。

——今のは何だ？　新手《あらて》のマジックか？

〝早飯、早風呂、早糞は、男のたしなみ〟と言う人がいる。しかし早いのにも限度というものがある。なぜ、それほど早いのか。ノンキな私には解せなかったが、S氏の祖父の伝記を執筆した時、彼の親しい友であった阪急電鉄や宝塚歌劇団を作った小林一三の言葉にこのようなものがある。

「ともかく信治郎君はいつも忙しいというか、急いどるんだ。私の家、会社を訪ねて来た時も、一度もソファーにも椅子にも腰を落ちつけたことがない。いつも立ち話で、一瞬の間に仕事をすべて片付けて、引き揚げるんだ。韋駄天のようだったよ。あれは誰も真似はできないな」

この述懐、資料を見つけた時、この韋駄天振りを、どう企業の成功と結びつけていいのか、私には咄嗟に解答が出なかった。今も、それが悔やみのひとつだ。モタモタしているより、手際の良い時間の使い方がイイに決まっている。

食事を摂りながら、店の主人の仕事振りに時々目をやる。すると、その日は主人の背後の棚の隅にちいさな写真立てがあり、少年と少女、そして祖母らしき、笑った写真がある。

——ああ、これは……。

おそらくあの大震災で亡くなったご子息であり、お嬢さん、そして母上かもしれない。

今でも毎月、月命日の十一日には行方不明者の捜索をしている海辺地区もある。

七年目の三月十一日の近くで、骨片が見つかった家族もいる。ほとんど執念の奇跡である。ニュースを見ていて、私も家人も目頭が熱くなった。ほんのちいさな形見があれば、悲しみの何分の一かがまぎれるという人もいる。しかし大半の行方不明者の残された家族に、そのようなものが来るはずはない。

何十年前か、〝海の日〟が制定され、それが亡くなった弟の命日と重なった。母は海の日になると、弟の位牌、写真に声を上げて語らっていた。そういう行為を詮方《せんかた》なきことと言う人もあるが、それは違う。

どこかに弟が存在していることを信じるほうが、よほどカタチがヨロシイ。

家の台所の隅に、私と弟の食台があった。私は野球、弟はサッカーの部活で忙しかったからだ。

弟が亡くなった翌年の夏、母に昼食を注文すると、ちいさな食台にカレーがふたつ、水の入ったグラスにスプーンが差してあった。

——あれっ、誰のカレーなんだ？

すると母が隣りに来て、

「マーチャン（弟の幼名）の代わりに座って食べるネ」

と言って、少女のように鼻の先にシワを寄せた。私は頭の中で、まあいいか、と言い聞かせ、母に笑顔を返した。

此世で再び逢えるということは、どんなカタチであれ、喜ばしいことである。

もうすぐあの震災から十一年が過ぎる。どんなカタチであれ、いとおしい人の笑顔にふれることができる十一年目であって欲しいものだ。

第二章
遠回りでも構わない

金は怖い

〝蘇格蘭土〟と書いて、スコットランドと読む。

当て字である。今でもアメリカ合衆国を〝米国〟と書く。〝日米関係〟と新聞、テレビでも当たり前のごとく掲載され、テロップで流れる。

スコットランドへは十数回訪ねた。すべて仕事の取材である。ただスコットランドを舞台に小説は書いていない。大半がエッセイか、旅行記である。

なぜまたスコットランドと書き始めたのだろうか。

あっ、そうか。就寝前、グラスゴー（スコットランドで一、二の都市）でサッカーの試合が行われ、地元が勝って、地元のファンが興奮し、コロナ感染防止でロックダウンされていた街へくり出し、大勢の逮捕者を出したというニュースを見たからだろう。

もうひとつは、新聞で連載した小説で、主人公の夏目漱石のロンドン留学期のことを書いていて、スコットランドへ旅行していた時の資料を調べていたせいもある。何しろ百年以上も前のことなので、当時の交通事情や、訪ねた街の人口、どんな街の様子かを調べるのに骨が折れることがある。

ハイランド地方を訪ねた漱石は、土地の美しさに感動し、帰国後も何度かスコットランドの美しさを書いている。私も初めて訪ねた時は、真緑の丘陵がゆったりと連なる姿に嘆息したのを覚えている。谷間を流れる川の水の清らかさも素晴らしかった。

スペイサイドと呼ばれる川の周辺に多くのスコッチ（スコットランドの酒だからこう呼ぶ）の製造所がある地域があり、そこを巡っての旅は、毎日酔っ払っていた。

北のほうにはネス湖という湖もあり、恐竜が生存しているという噂（発見者もあったり）で世界中から冒険家たちが集まったこともあった。日本からは石原慎太郎氏などが行き、友人のKさんも参加していた。

この地のウィスキーは世界でも最高峰のレベルにある。南西にはアイラ島というウィスキーのための島もあり、そこの港町のレストランで、樽から出したシングルモルトウィスキーを、朝、獲れたばかりのカキの殻に垂らして食した味覚は贅沢そのものだった。たしかマックリーという名前のリンクスコースを、ゲストは私一人でラウンドし、コースの難しさに舌を巻いたのを覚えている。

漱石が留学していた時、英国のドックでは日本から注文を受けた世界最高の水準の戦艦を建造していた。日露戦争もし起こりなばの準備だった。この何年も前からすべての公務員は給与の十パーセントを戦艦建造費のために無条件で差し引かれていた。

漱石も五高（熊本）の英語の教師であったから立派な公務員だった。江戸っ子の漱石はどちらかと言うと、金に無頓着だったが、金がないと本が買えない、とロンドンで怒り出している。金がなかったから小説が書けた側面もある。金に困らず名作を書いたのは、森鷗外と谷崎潤一郎だけである。樋口一葉など可哀想なくらいだ。しかし金が余っている家で、名作を書いた作家は少ない。妙なものだ。

私は名作は書けぬが、金には何度も困ったことがある。以前、熱海のバーで、投機に成功した若い男が、私にむかって言った。

「暇なんで小説でも書いてみるか。どうです先生？」

——私を見て話すな。バカが感染する。

金は使い方である。施《ほどこ》しはやり方である。それを間違えると、卑しく見え、品性が欠けているのがバレるから、金は怖い。

東日本大震災から十一年が経つ。

犠牲者に一番必要なのは金ではなかった。しかし犠牲者の子供たちを学校へ送り、社会人にさせたのは多くの義援金だった。やはり金は使い方で、〝生きた金〟になるのである。

私と、家人の義援金はほんのわずかだが、それでも感謝状なんかを受け取り、文面を読むと、妙な安堵がひろがる。

あるだけでいい

夕刻、常宿に帰ると、ちいさな紙袋におさまった花が届いていた。

娘からの贈り物で、〝父の日〟と添えられたメモがあった。ガーベラが美しかった。

いつしか常宿の部屋に花が飾られなくなった。理由はわからぬが、ともかく花はあったり、なかったりする。ないから淋しいというわけではないが、花があるだけでずいぶんと人の気持ちは変化する。

それを教わったのは六歳の時で、女系家族の真ん中に男児一人でいたのを父が見て、

「女ばかりの所で育っていてはダメになる。明日から庭むこうの棟へアレ（私のこと）を出せ」と言われ、私は母屋を出て独り暮らしをさせられた。

その折、生家の従業員が住む一室を与えられた。まだ六歳の自分には夜眠るのも怖かっ

た。そんなこと父のかまったことではなかった。夜中は蒲団の下に野球のバットを忍ばせて寝た。そんな日々がはじまると、母が窓辺に牛乳瓶を置き、そこに花を活けた。

「何、それ?」

「独りじゃ淋しいでしょう。花があるだけで気持ちも変わるものよ」

——なワケないだろう。

母は花の茎に、カーネーションや菜の花と書いた小紙を巻いてくれた。六歳の子供に花の風情が理解できるはずもないが、夕暮れ、朝方、朝日、夕陽に光る花を見ると、その花を摘みに行く母の姿が浮かんだ。

奇妙なもので三年が過ぎると、花の名前を覚えてしまった。花を見つけて思わず名前を口にすると、女性の先生から「偉いわね。よく花の名前を知ってるわね」と誉められた。

恥ずかしくて目をしばたたかせていると、友人から「花の名前なんか知っとって、オマエ、オカマか?」とからかわれ、その瞬間に相手の胸倉をつかんでいた。

母の花の世話は、私が上京し、大学の野球部の寮に入った時にも続いた。段ボールで、根や茎を濡れた脱脂綿でくるんだ花が送られてきた。

「その花、食べられるのか?」

先輩に言われ、その発想に驚いたことがあった。

私の初期の小説に『白秋』という恋愛小説がある。その作品中に百種類以上の花が取り上げてあり、「伊集院って新人は〝花の作家〟である」なんて言われて、少し違った見方をされた。花の名前は京都に三年滞在している時に覚えた気がする。よく飲みに出かけた祇園、切り通しの〝おいと〟なる店のカウンターに活けてある花をよくよく眺めて覚えた。数年通ったから、やはり百以上の花を覚えた。個人としては鉄線の咲く前の花とか、縞ススキ、虎の尾なんかが好きだった。

一度、鎌倉の鮨屋で、年に一日しか咲かない〝月下美人〟という花が開花するのをホロ酔い加減で見物したが、いざ開花すると大き過ぎて気持ちが悪かった。

フランスのパリに常宿ホテルがあり（少しキザかな）、そこにセシルという女性マネージャーがいて、部屋に花を活けてくれた。

中でも五月にスズランを活けてくれたのが今も忘れられない。街中で子供がアルバイトでスズランを売る。大人は少年、少女のためにスズランを買ってやる。良い風情だった。

ゴルフをしていると林の中にボールが入り込んで、そのボールのすぐそばにちいさな花が咲いている時がある。

「せっかく咲いたのにクラブで傷付けるのも可哀相だナ……」

そうこうしていると背後から声がする。

「何やってんだ早く打て、三分だぞ」

「あの花が……」

「じゃ花を真っぷたつに打ってみろ、さあ」

やってみるとえらくダフって、花は根こそぎ土と一緒に一メートル先に移動していた。

「ほら言ったとおりだろう」

男気のある人

うららかな春の日差しがあふれる中を電車は走っている。東北新幹線である。福島、郡山、那須塩原駅のプラットホームは光りかがやき、そのむこうに連なる東日本の山々の稜線は、青空に溶け込み、石坂洋次郎原作の映画『青い山脈』のシーンを思い出した。

――もう二十五年近く、この仙台‐上野の往復を続けている。

東日本大震災の直後は各屋根にブルーのシートが敷かれ、電車も徐行運転しかできなかった。思えば大変な天災だった。過去形で書いたが、天災が終結したわけではない。太平洋側は防潮堤をかなりの距離で岩手、宮城、福島と連続させているが、まだ途上だ。それしか手段がないのだ。

福島ではあきらかに原子炉の被災を受けた子供たちの甲状腺がんなどの被害が発表されたのに、電力会社はわずかな治療費しか出そうとしない。チェルノブイリの実態も調査などしていない。被災した女性がやがて子供を産み、赤チャンも母親自身も年老いた時、影響は間違いなく出るのだろうが、そこに目を向けようとしない。これがすべて日本のやり方である。

福島が放射能の被災で大変な時、そのガレキの受け入れをどこも皆拒否する中、毅然と受け入れると言ったのは、石原慎太郎都知事の東京だけだった。

——ホウッ、男気のある人なのだ。

とあらためて石原慎太郎の真価を知ることになった。そう、日本という国家に対してもいつもこの人は毅然と発言をしていた。

去年の年の瀬、『作家と家元』（中公文庫）という本が出版され、その内容が亡くなった落語家の立川談志さんと四人の作家との対談をまとめたものだった。

作家は色川武大（別名・阿佐田哲也、『麻雀放浪記』の作者）、石原慎太郎、吉行淳之介、そしてなぜか私の四人だった。私以外は鋭い話をしていて、談志さんの幅の広さに感心する本だった。

私は本が送られてきて、初めて出版を知った（こんなことあるのか？）。あの忙しい時に師匠と、毎年の瀬、神楽坂の〝寿司幸〟で対談していて良かった、と思うと同時に、あのシャイで照れ屋の談志の、一人の男性としての素晴らしさを再認識した。

色川さんと談志さんの仲はよく知っていたが、石原さんと師匠のことは知らなかった。そうか、二人は国会議員の繋がりか。

「伊ー兄ィ」私のことを談志さんはそう呼んだ。たけしさん（北野監督）も、時折、兄さんと私のことを呼ぶ。こちらはカンベンして下さい、とうつむくのだが、談志さんとたけしさんの仲はうらやむほどだった。

「伊ー兄ィ、慎太郎って男の真の姿を教えようか？」

談志さんが或る時言った。

「お願いします」

談志さんが体調を崩し、どうもイケナイという時、石原さんから連絡が入った。長びいた高座が終わって約束の目黒の権之助坂にタクシーを停車させた。ドシャ降りの雨で、

——もう居ないだろう……。

と着いてみると、ずぶ濡れになった石原氏がビニール傘を手に笑って立っていた。あの頃の東京都知事の彼は飛ぶ鳥を落とす勢い、まさに天下の石原であった。

「天下のあの男が、俺の身体のためにちいさな傘を持ってズブ濡れになって直立不動で、笑って立っていたんだ。コリャ、モウイケネェ。それからずっと野郎に頭が上がらないどころか、真底やさしい男なんだと身に沁みた。彼のお陰で体調も戻り、少し生きながらえた」

人は逢ってみなければわからない。

惜しくも逝去されたあとの各テレビ、新聞のニュースを見て、昭和を代表する作家であるんだ、とつくづくこの人の人間の幅の広さに感心した。

この原稿を書いている朝（まだ夜明け前だが）、私は還暦から干支をもうひと回りしたことになった。

誕生日なのだが、私は自分の誕生日を自分からこうして書いたのは初めてで、口にもしなかった。だから今日は一日中何もせずに過ごす。上京してから、そんな二月九日が五十年近く続いている。

——なぜ自分の誕生日を口にしないか？

父にそう教えられた。

「男が人前で自分の誕生日を口にするものではない。誕生日くらいで他人に迷惑をかけるナ。世の中は誕生祝いさえできない人で溢れているんだ」

子供の頃からそう躾られた。

今、私のそれを祝って下さるのは、東京の大兄のS氏だけで、紅白のワインを贈って下さる。その名前を見て、やさしい笑顔を思い浮かべ、ただただ頭を下げている。

何もしない一日のくり返しで、初めて自分から観に出かけたのが、国立劇場の立川談志の高座だった。小雨の半蔵門を傘を差して歩いて行った。

――談志さんはどういう人だったか？

出逢って以来二十数年、親密なつき合いをさせてもらった。

「今日は、伊ー兄ィが来てるんで、『芝浜』にするか」

よみうりホールの独演会でいきなり高座から言われ、恥ずかしさと嬉しさで高座がボンヤリと揺れていた。

急がない

週刊誌の連載を一年分まとめてチョイスした、この大人の流儀シリーズの10巻目がいつになく売れているそうだ。

正確には、その本は一年分より多く、体調を崩して病院に担ぎ込まれた入院中の休みを入れると一年半分の作品だ。

「なぜ売れてるんだろうな？」

家人に訊いた。

「私が思うに、入院前は忙しい中でどんどん書いていたから、文章が急いでいたのと違うかしら。今は文章がゆったりしているもの」

——そんなことがあるんだろうか？

書いてる当人は想像もつかない。

しかし入院でいったん中断した新聞連載を去年の秋くらいから再開してみると、読者の何人からか、「書かれるものが、やさしくなられましたね」とか「伊集院君、君の文章やさしさが出はじめたよ。イイヨ」とか言われ、意外だった。

そんなことが本当にあるのだろうか。

私は四十年余り文章を書いて来て、一度として〝やさしい文章〟を意識して書いたことがない。そして慈愛の本質を知らない私がやさしさを表現しても、それは偽りになるのでは、と思ってもいた。

生死の境い目を彷徨したり（たいした期間ではないが）したことが、そのような変化をもたらすとは信じられないのが、正直な気持ちだ。

このエッセイ集は戦後（古い言い方だが）、昭和二十年（一九四五年）以降、週刊誌の連載として最も売れていると言う。これも信じられない。

——何が、どこがいいのか？

こういうことは考えないほうがイイ。なぜなら売れる商品には、なぜその商品が売れるのか、はっきりした理由がないのである。逆に売れない商品には、売れない理由がちゃんとあるそうだ。これは売れない原因を調べて、工夫していけばよい。

私が、生きる、死ぬの境に居る折、いろんな所、土地で、私の恢復を祈ってくれた方が多勢いらしたのを、あとになって知り、その多さに驚いた。島根の安来市の金屋子神社の安部宮司、神楽坂の稲荷神社へ通って下さった方など数知れない。有難いことである。まだそれぞれの御礼もかなってない。北野武監督の丁寧なメールは、今読み返すと、多忙の中をと頭がただただ下がる。御礼のしようがない。


さて家人が言った、急いでない、急《せ》いて書いてない文章とは、そうでない文章とどう違うのだろうか。

今、新聞連載を毎日、そして週刊誌が三本なのだが、この三本のひとつをやはりやめねばならないかもしれない。と言うのは、やはり忙しくなってしまい、急いてしまう。まあ断捨離ではないが、やめる時は申し訳ないと言って、スパッとやめることなのだろう。

ノボ（犬の名前）の写真が東京の仕事場に六点あるが、いずれも家人かトモチャン（お手伝いの方）が撮ったもので、自然で、彼の人となり（犬となりか？）がよく出ていて、切なくもあり、あいらしくもある。

写真や映像はたいしたものである。そこから喚起される追憶は容赦がないほど鮮やかで、冷酷でさえある。

仙台ではどうやら二匹の猫を飼う方向でいろんなこと（キャットタワーとか）が進んでいるらしい。

この原稿を書き上げたら、二匹の命名書きを書いて送る。墨は明け方から少しずつ磨っている。我が家が〝亜瑠母（女性なので）〟、トモチャンの家が〝咲羅〟という。

私は彼女たちに言った。

「犬が無理なら（ペットロスで）、猫を飼いなさい。飼い主のほうが先に死んでしまうから、というのは傲慢この上ないペットへの考えで、たとえ一ヵ月でも君たちと一緒にいたことが素晴らしいのだから、猫も同じ気持ちと考えるべきだ（犬でも同じ）」

ミャンマーが酷い状況である。軍人の政権、軍人という人間の精神構造の怖さ、狂乱への自制心のなさが一気に突出している。民主勢力が制裁を加えれば、彼らは平然と中国へ、国の行方を頼るだろう。今はどんどん中国の国力と国勢が、民主勢力をおさえて急成長している。ミャンマーの新政権が成立すれば、ロシアも、中国もすぐに祝いに駆けつけるだろう。

日本はこれまでミャンマーに甚大な支援をしてきた国である。この支援を一気に断ち切れはしまい。野党議員がいっせいに現内閣の対応を責めるだろうが、これまでミャンマーにも訪問したことのない議員が勝手なことを言うべきではない。加藤官房長官の発言も、何を言いたいのかさっぱりわからなかった。

春たけなわ、夏はすぐそこに来ている。

ゆっくり丁寧に

東京の仕事机の上の文房具を、夜少し片付けた。主には十数年使用して来たボールペンを捨てることだった。

〝JETSTREAM〟という、宇宙船のごとき名前のボールペンで、その1ミリ（芯の太さ）を使っている。三菱鉛筆の名品である。そのペンが入院していた折、そのままになり、インクの出が悪くなった。

「伊集院さんの原稿の文字、少し読み辛くなったね」と酒席で、担当編集者同士がこぼしていた言葉が耳に入った。

――イカン、ワープロに替えるか。

ワープロが登場するまで、書き文字は長く、作家、戯作者の命のようなところがあった。

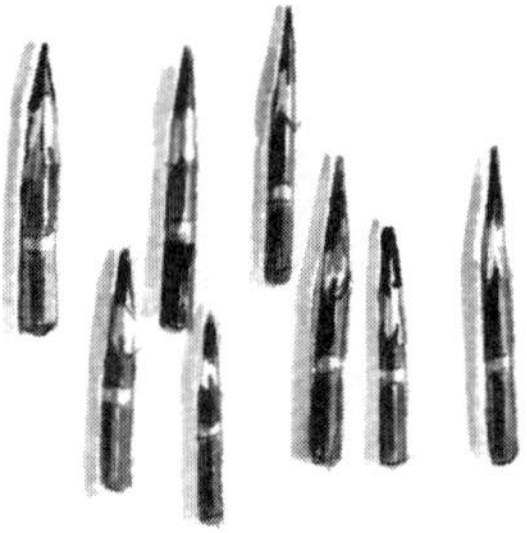

読み辛くなった原因の大半は私の視力が落ちたからである。

——丁寧に、ゆっくり。

これはゴルフのスイングにもあてはまる。

私が長く文具として持っているものに、故田辺聖子さんから頂いた2センチくらいにチビた鉛筆と、故黒岩重吾さんの奥さまから頂いた黒岩さん愛用の万年筆がある。田辺さんの鉛筆はキャップ付きでようやく書けるが、仕事では使えない。そこまで使われたのだ。

昔は物を大切にした。と言うより、文具に愛着があった。私も、そういう派の一人で、文具をおろそかにしないように母に躾けられた。〝道具を大切にしない人は何をやっても大成しない〟と言い切る人もいる。

まだ使えそうなペンを捨てるとゴミ箱に落ちた音が胸をえぐる。

——そうか、このこころの状態が、人々に〝断捨離〟〝切り捨て〟を受け入れさせないのか。

中村メイコさんが思い切って捨てる、断ちきるようにおっしゃっていた。私は長く彼女のファンなので、彼女の物事への覚悟を肯定する。いろいろと処分すると、机の上の白いスペースがひろがり、そのスペースで、

——何か新しい文章を書こう。

という気分に一瞬なったから、掃除はイイことだったのだろう。

優しかった人

昼間、鈴虫の鳴き声がした。

今夕は〝しぐれ〟のような鳴き声だった。

北はすでに秋の最中である。

続いていた〝蟬しぐれ〟は赤トンボの群れに変わった。四季の移ろいというのはコロナ禍とは無関係である。

昨夕、携帯電話に見慣れない番号から着信があった。掛け直すと、若いハツラツとした声で下の名前だけを告げられ、戸惑った私は「すみませんが、あなたと父上の氏《うじ》をもう一度言ってくれませんか」と言うと、ＫＯＳＵＧＩとはっきりとおっしゃった。音楽プロデューサーの小杉理宇造なら親友である。

――えっ、小杉さんの息子さんなのか？

私は嬉しくなって彼としばらく話をし、厄介な病気と闘っているはずの父上にかわってもらった。相手の声は昔のままだ。

「いや驚いた。元気なの？」

「うん、元気だよ。病気はかなり進行したけどね（パーキンソン病）」

二人が今話すことといえば、ひとつしかない。ジャニーズ王国のトップ・メリーさんの訃報だ。

私と小杉氏との二十年の交際の中心に、ほとんどメリーさんがいた。私もジュニア（小杉氏の通称）も彼女が好きで、彼女もジュニアと私を慕ってくれた。

三人が集まると、ジャニーズのタレントの楽曲制作の話になるのだが、その大半がマッチこと、近藤真彦の音楽についてだ。私のほうは正直、あれだけの数のグループを覚え切れなかった。

「堂本ってのがどっちですか？」

キンキッズの楽曲を頼まれた時、少し下調べをして知ったかぶりで訊くと、「両方堂本です」と言われた。それでも何とか仕事をした（『やめないで，ＰＵＲＥ』）。

マッチの時はもっとひどかった。

マッチと初めて録音スタジオで逢った時、むこうから「マッチです」と言われ、「ああコンニチハ、ところでたのきんはどこにいるの？」と訊いてしまった。

こんなわけのわからない男のことをジュニアは親切に対応してくれた。

作曲家の筒美京平さんもやさしい方だった。

「この詞って、どこから出て来るの？　ホントにスゴイと思います（『ギンギラギンにさりげなく』の録音でご一緒した時）」

まだ新人の私が出版した初版の短篇小説もすべて読んで下さってひとつひとつの感想までいただいた。

私とジュニアは京平さんの曲が届く度に目を丸くした。プロデューサーのジュニアは「ヨォーシ、これでミリオンセラーはイケル」と拳をかたくしていた。

メリーさんは楽曲についてはいっさい口をはさまない人だった。曲とジャケットに振り付けが完成し、テレビでの初登場の雰囲気を見てからのメリーさんの指示は速かった。

「あんな表情をこの子（マッチ）にさせてはダメ。良い子過ぎるのは嫌だわ」

かくして歳月が過ぎ、十年を迎えた時、メリーさんに呼ばれて言われた。

「伊達《だて》さん（私の作詞者名）、あなた少し遊び過ぎ、飲み過ぎよ。きちんと仕事しなさい。マッチで挑戦して。他のアイドルが誰も歌ってない曲を持って来て」

——さてアイドルでは歌えない詞か……、そんなものあるのだろうか？

「まだ出来てないの？　遊びようが、飲みようが足らないんじゃないの？　イイ楽曲のためならいくらおカネを使ってもかまわないわ」

何度も、この独りの飲んだくれに小遣いを送ってくれた。

「あなたのお母さんとも話したわ。ノンキな父さんくらいノンビリしているんですってネ。なら私が東京の母がわりになって厳しくしてあげましょう」

それ以降、机の隅には〝東京の母より〟と記されたおカネが入った跡のある封書が何枚も取ってあった。

ようやく出来た曲が、♪ごらん金と銀の器を抱いて　罪と罰の酒を満たした　愚か者が街を走るよ♪

「伊達さん、なぜ金と銀の器を抱いて街を走らなきゃいけないんですか？」とマッチに首を捻りながら訊かれた。

「そんなこと私にわかる訳ないでしょう」

私が答えると、そばでジュニアがニコニコしながら言った。

「そうそう、わかろうとしちゃダメだよ。ともかく金と銀の器を抱いて走ってるくらいなんだから、普通じゃない感じで歌ってくれればイイんだよ。ハッハハハ」

かくして、その曲『愚か者』はその年のレコード大賞を獲得し、私も一人前の作詞家になれた。メリーさんとジュニアには何度頭を下げても足りるはずはないのだ。

メリーさんが亡くなったことがまだ信じられないで、仙台の空を見上げている。いったいどれだけ失敗の肩替りをしてもらったことか。しかし不思議に彼女とジュニアが本気になると企画も楽曲も大ヒットした。

「伊達さん、人は病気や事故で亡くなるんじゃないわよね」「人は寿命で亡くなるんでしょう」

何度聞いても良い言葉である。あんなに素晴らしい女性はまずいないだろう。

爽やかな風

エンジェルスの大谷翔平選手の人気と評価が大上昇である。

メジャーの記者たちが選出するＭＶＰを満票で受賞し、メジャーの若手選手の中で揺るぎない存在となった。日本人ではイチロー以来というからこれはたいしたものである。

しかも、あのベーブ・ルースと並ぶ〝二刀流〟（こんな言い方はメジャーはしないが）であることも初めて話題になった。

私は二刀流は無理だと思っていたが、まだやり切ろうとしているのだから、ナミの若者とはどこかが違っている。

これまでの日本人を含めたメジャープレーヤーの中で大谷には突出した面がある。

——それは何か？

〝サワヤカさ〟である。心地よい風に触れるがごとくの爽快感が、彼の周辺には、なぜか存在する。イチローにも、野茂英雄にも、佐々木主浩にもなかった風である。かすかに松井秀喜には感じられたが、大谷の風の具合いはまるっきり違う。

「SHOのプレーを見てると気持ちがイイんだよ」

とアメリカ人たちは口を揃える。

私は大谷の欠点は、あの甘いマスクだと思っていたが、まるで違う方向へ甘さはむかい、女性ファンは勿論のこと、男性ファンを虜《とりこ》にした。

野球選手には時折、ハンサムがいる。しかしハンサムは野球の実戦においては、好い作用をしないし、むしろ邪魔になる。

ハンカチ王子こと、斎藤佑樹がそうだった。

野球選手のハンサムの割合いは10対1くらいで、大半の選手は岩みたいな顔に、鬼瓦のようなのが活躍する。誰とは言わぬが、読者が覚えているかつてのスターの顔を思い出してみるといい。

〝サワヤカ〟もそうそういない。

日本人の知る、最もサワヤカなのは、これは長嶋茂雄である。どのくらいサワヤカかと言うと、仕事で出かけた後楽園球場に息子を置き忘れて、家路にむかうくらいサワヤカであった（これはサワヤカとは違うか）。

監督に就任して、代打起用のため、審判にバントの仕草をしながら、選手の名前を告げるくらいで（これではバントをすると、敵にわかってしまう）、敵にわかってもかまわないくらいのサワヤカさであった。

打ち方、走り方、ボールの投げ方、空振りの仕方（ヘルメットを落とすのだが）……、すべてがサワヤカであった。

大谷はやがて、長嶋さんに肩を並べるサワヤカさの片鱗がうかがえる。スポーツのスター選手のサワヤカは伝統であって、相撲の大鵬もそうだった。

おそらく持って生まれたものであろう。

松井秀喜にも、サワヤカさは十分にある。いつか日本に戻り、プロ野球の指導者、監督になった時、日本人は、それを知るだろう。

大谷選手を見ていて感じたことがいくつかあった。

そのひとつは野球のレベルが、この二十年で急速に上がったことだ。スピードも、変化球のカタチもすべて能力が上がっている。

——その原因は、ビデオ、つまり情報が手に入り易くなったからだ。

映像は、自分の能力の欠点を如実に教えてくれる。あと数年もしない内に、メジャーでトップのピッチャーが投げるボール、変化球をすべて再現できる映像ができ、その前に打者は立って、打てるか、打てぬかを実体験できるようになるだろう。そうなれば打者のヒットの確率は断然上がる。同時に、打者の振り下ろす映像も、ボールの視点から見ることができるようになる。

それでも野球というスポーツは、ピッチャーが一番なのである。

10人のホームラン王がチームに居てもワールドシリーズは優勝できない。

一人の優秀な投手にあと数人の投手が揃っている方が、世界一への階段は登り易い。

投手には完封があるが、打者には4割打者がいない。

確率の話をしているのではない。野球というスポーツの根本に、ピッチャーの存在がある。打者は絶好調で、打つたびにホームランであっても、次の打席まで8人を待たねばならない。投手は素晴らしい投球をすれば、27球で相手をかたづけることができる可能性がある。

野球は投手が主役なのである。

大谷選手には、来季も頑張って欲しい。それは皆が願っているだろうし、そうしてくれると、私も信じている。

大谷選手が世界一のチームで、トップのバッターで、投手であることが理想だが、それはなかなか難しい。二刀流は長くは続かない。なぜならピッチャーが1試合で投げたあとの疲労は、バッターの何十倍も大きいからだ。

来季の年俸も、百億円近くの声が出るだろう。そのことでさえ大きな話題になるだろう。それだけで球団は観客増大につながる。

ベーブ・ルースの本当の価値は、彼のホームラン見たさに、かつてない観客が球場にやって来たことだ。

記録よりも、人が人を呼ぶ能力の方が何万倍も貴重だ。野球はスポーツだが、興行であるのが基本なのだから。

流した涙

スポーツ新聞を買わなくなった。街のコンビニエンスストアの棚にもスポーツ新聞は以前の半分以下になっている。

――コロナ禍か？

勿論、それもあろう。東京オリンピックが開催されたのだから、或る程度、売れていてもよかったのではと思うが、ますます売れなくなったという。

――なぜか？

スポーツ新聞の内容が、かつてないほど酷くて、読んでも面白くも何ともないからだ。

なぜ、そうなったか。編集委員とスポーツ記者一人一人の、スポーツの見方と、文章が読むに堪えないほど低レベルになったからだ。丁寧な取材をしない。真摯に文章を書かない。

ダジャレのようなタイトルばかりを書いて、最後にはガキの文章になっている。編集委員が記者の文章をチェックしない。いやそれ以前に彼等も新聞の文章の書き方を習得していないのかもしれない。

スポーツ紙のほとんどは親会社を有している。日刊スポーツ（朝日新聞）、スポーツニッポン（毎日新聞）などである。この関係が一番力を発揮したのは、スポーツ紙の中に一般紙の社会、政治面の記事を導入した時である。発行部数が百万部を越えた。

読者によっては「一般紙なんぞ読む必要がない。スポーツ紙だけでことが足りる」とうそぶく者まであらわれた。ところがよくしたものでスポーツ紙の記者は普段、文章の鍛練などしなかった（取材で精一杯だった）。にもかかわらず新聞が売れると増長した。

スポーツ紙が売れなくなったのは、一般紙のスポーツ面が三十年で倍以上に拡がったこともある。

スポーツ記事の価値と面白さに編集委員が気付き、スポーツ面を切り拓けば部数が増えると読んだ。ズバリであった。北國新聞などは、ニューヨークで松井秀喜が結婚したと夕刊で報じれば、おそろしく売れた。スポーツ報道の持つ力の大きさを皆が知るようになった。スポーツ報道に一番適合するのはテレビである。五十年前はスポーツ番組など三分もなかった。今や、夜八時を過ぎると、猫も杓子もスポーツの話で、スポーツを何も知らないタレントまでが出て大騒ぎである。

おそらくスポーツ紙は紙媒体の凋落とともにカタチを変えるか、消えて行くだろう。ただスポーツの魅力はさらに増すだろう。皮肉なことだ。

——やり直せるか？

組織の問題ではない。しかるべき人があらわれるか否かだ。

先日、プロゴルファーの石川遼選手がトーナメント最終日のインタビューで涙を流していたと報じられた。

——そんなことが、記事にするほど重大事なのか！　報道の本筋とは違うだろう。

第一、石川遼さんに失礼ではないか。彼は少なくとも十年近く、日本の男子プロゴルフ界を一人で支えてくれた選手である。散々、それを利用したのはスポーツ記事であり、スポーツ記者ではないか。涙のことくらいは書かずにおいてやるのが、彼に対する礼儀なのではないか。〝クラブが折れて、心が折れた〟などとダジャレを書いて恥ずかしいとは思わないのか。なぜ心が折れたとわかるのか？　そんな情緒が記者にあるのか？

一度涙を見せたら負けだ、という世界があるのを記者はおそらく知らないのだろう。

同じことが四年前に松山英樹選手にもあった。'17年の全米プロの最終日にジャスティン・トーマスに敗れた松山はしゃがみこんで号泣した。しかしアメリカのスポーツマスコミはそれを表に出さなかった。

——男として見られたくないだろう。

それが基本の考えだった。同じような例が松山と'16年のフェニックスオープンを戦ったリッキー・ファウラーにもあった。日本人のお祖父チャンも見物に来ていたが、試合後、号泣した。記者たちは見て見ないことにした。男たちの約束事なのである。

それが今回の石川では、朝日新聞も取り扱い、スポーツ紙など、見たぞ、見たぞで報道した。節操がないと言うより、卑しい。皆が見るなら何でも書くのか。

ゴルフネットワークという番組など、松山が泣いているシーンを次のメジャー放映の宣伝に使った。誰もマズイと思わなかったのか。あの松山の練習振りを見ていて、これを出しては松山が可哀想だ、失礼だと思わなかったのか。だからスポンサーがつかないのだ。

上手く行かないから

この頃、幾晩かに一、二度、眠りづらい夜がある。しかし誘眠剤を少し足すと、寝付く。病気のことやら、ほどなく出版する夏目漱石の本の構成・文章を思い出し、あちらのほうが良かったか、とゴソゴソ起き出してゲラを見直したりする（たいがいは気苦労であるが）。

これまで不眠に悩まされたことはない。ノー天気な作家なのである。

文壇ゴルフ（作家や画家などでやる）に初めて参加した折、ご一緒した先輩作家の城山三郎さんから言われた。

「私は寝付きが悪くて、水泳とゴルフで何とかしのげました。不眠にはやはり運動が良いですね」

私は不眠は一、二度しか経験してなかったので、不眠がない小説家はイケナイのかもしれ

ないと真剣に考えたのを覚えている。

その頃、私はよく酒を飲んでいた。

それを知った城山さんが「伊集院さん、ゴルフを続けるべきです。十年長生きをします」と教えてくれた。

十年？　まさか……、と思ったがゴルフも一生懸命にやり出すと、前夜早く床につくようになるし、プレーの当日は休める。七、八km近く草の上を太陽の下で歩くのだから（たまに上り坂、下り坂を走ることもある）、身体に良いことは確かである。

ゴルフほど、その球筋やショットの有り様に、人柄があらわれるスポーツはない。短気な人はプレーが速過ぎるし、ノンビリした人は悪いことに遅いプレーヤーだったりする。遅延プレーは決して誉められたプレーではない。なぜイケナイかは書くと長くなるのでよすが、当人がそれに気付いていないという最悪なことがついて回る。

コロナで文壇ゴルフが自粛になり、淋しい思いをするがしかたあるまい。半日、普段ご一緒することのない先輩作家と話ができるのは良い機会である。佐野洋さん、三好徹さんとラウンドできたことが懐かしい。

丹羽文雄さんなどはシングルプレーヤーで、若手作家が望めば、ゴルフのマナー、手ほどきを教えられ、〝丹羽学校〟と称したほどだ。こう書くと何やら親分、子分のようだが、違う。丹羽学校の出身者はプレーが早い。素振りをしない。同伴プレーヤーがプレーしている際はいっさい動かない（できるようでできることではない）。

文壇ゴルフ最盛の頃は作家への賞品をトラックで自宅に届けたというから、よほど皆、白熱していたのだろう。

私は大病後、カートプレーしかできないが、それでも今唯一の愉しみで、何とか一日歩きたいと普段トレーニングしている。

夏目漱石はゴルフをしたか？　調べてみたがプレーした形跡はない。しかし、ロンドン留学の折、帰国前にスコットランド旅行をしていたので、プレーをしている姿は目にしたろう。

漱石は意外とスポーツ好きで運動神経もよかったらしい。一高の教師だった時はボートレースの応援に行っているし、五高（熊本）ではボート部の顧問までしている。当時、流行し始めた自転車を乗りこなすために何十回と転倒し、傷だらけになりながらも挑戦している。警察官に侮《あなど》られ、女子学生に笑われながらも懸命にトレーニングをしている。私はこういう漱石の性格が好きだ。文豪の印象とはほど遠い。

今も街の中心の書店の棚では漱石の本が並んでいる。小説の草創期にデビューし、今も書店に本が並び、現代の若者がその本に触れている作家はこの人しかいない。

去秋、兵庫の三木の谷間にある廣野ゴルフ倶楽部を訪ねた。素晴らしいゴルフコースだった。

1930年にイギリスからアリソンなる人物が来日し、地元のゴルフ好きたちに熱望されて、設計したコースだ。それを数年前、またイギリスから監修の人を呼び、さらに素晴らしいコースにした。

コースは難しかったが、おかわり自由のチャーハンは美味かった。コースとはさして関係ないが、廣野ゴルフ倶楽部の紋章のデザインがアール・デコで仕上げられていて、そのモダンでお洒落なのに感心した。

文壇のゴルフ作家では、先月他界された高橋三千綱さんが一番優勝が多いほどの名プレーヤーだった。残念なことだった。今は大沢在昌さんが一番上手い。私ですか？　下手の横好きで、いつまで経っても上達しないし、ゆったりとプレーできず、いつも逆上ばかりして、プレー後、浴室で毎回「今日は疲れ果てた」と嘆いている。しかし上手く行かないから、こんなに一生懸命やっているのかもしれない。

漱石が何度も自転車の練習で地面に投げ出されているシーンを読んでいて、自分のゴルフのようだ、と苦笑した。

第三章 立ち止まってみる

君を見るほどに

一年前の赤字が九千億円余りあって、その企業の存続も危ないと言われた。

ところが、一年後、その企業は四兆九千億円余りの利益を上げた。

そんなビジネスが世界の中で通用するものだろうか？　投機や、株の売り買い、相場師の仕事ならまだしも、そんなジェットコースターのようなお金の運用をする会社が何年も企業として持つのだろうか。

私がこれまで学んだり、実際、その企業の人々がどんな働き方をしているかを見てきた優秀な企業は、そんな非常識に利潤が倍増する仕事はやっていなかった。

ソフトバンクのことである。孫正義という経営者のことである。

作った製品、商品の素晴らしい価値が大量の金を生む。それは理解できる。

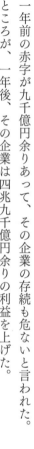

金が金を生む。これも少しはわかるが、あの発表の数字ほどは生むはずがない。ソフトバンクという企業は国家、国籍を越えようとしているのではないか。グーグル、アマゾン、フェイスブック……等の企業が税率の低い国へ拠点を置くやり方を牽制する動きを、G7が見せた。

当然である。

企業が国家の枠から外れれば、ロシア、中国は決して許さない。それと同じことが西側陣営でも当然起こる。

平和主義、人道主義がいかにもイデオロギーの中心にあるかのごとき時は、企業はどれだけ儲けようが、どんな稼ぎ方をしようが安全だろうが、イデオロギーなんてものは、国家の感情が一変すれば、あとかたもなく消える。

私に似合わぬ話をしているが、経済に疎い私にも、少しおかしくないか？　危なくないか？　と警鐘の音は聞こえるのである。

我が家は三頭の犬が他界し、新しく猫がやって来た。

何やら家人と打ち合わせをしているふうの猫の姿を遠くから見たが、犬のように遠くから見ている私に気づいて尻尾を振ったり、こっちに駆け出すことは、猫にはない。

無視をする（ヒドイ行動である）。それでも見ていて猫の良さはわからぬでもない。

夏目漱石は愛猫のために〝猫の墓〟まで建てた。立派なものだった（古い写真で見た）。猫が死んだ折は黒縁取りの葉書きで、その死を報せ、悼んだ。そりゃ、猫の小説書いて一躍流行作家になったのだから、それくらいのことはするだろう。

猫を見れば見るほど、亡くなった犬のことが思い出される。家人も同じらしい。しかし、今は猫が家人の蒲団の上で寝ている。


珍しく編集者のＨ君が、「先生、ゴルフで悩まないで済む方法を教えてください」と言ってきた。普段、Ｈ君のゴルフはそんなふうに見えない。だってハーフで70、80は当たり前、バンカーで二十回以上叩く姿も見たことがある。

――よくあんなに叩けるものだ。

と思っていたから、まさか悩んでいるとは思わなかった。

それでゴルフコースにご一緒した時に注視した。見ると以前よりゴルファーっぽい恰好になっていた。フゥーン、一生懸命なんだ。

「ゴルフの何を悩んでるの？」

「それが自分でも何に悩んでいるのか、よくわからないんです」

「じゃあ練習場へ行こう」

H君のショットを三十分ほど見ていた。

「どうでしょうか？」

「捨てたもんじゃありません」

「そうですか。実は目標があるんです」

「ほう、そりゃイイコトだ。どんな目標？」

「松山英樹選手のようになりたいんです」

「あっそう。目標は大きいほうがイイから、それはかまわんのじゃないか」

「ゴルフをする上で大切なことは何ですか？」

「同伴プレーヤーや、その日コースでプレーしてる人に迷惑をかけないことだよ」

「たとえば何でしょうか？」

「遅いプレーはイケナイネ。犯罪と同じだ」

「えっ！　犯罪？　そんななんですか？」

「うん。遅いプレーヤーが逮捕される国があればイイナと思うよ」

変わらないもの

菅内閣、菅義偉総理の評判がよろしくない。

支持率低下と言うが、私はテレビ、新聞等のマスコミが調査した数字をほとんど信用していない。

日本人ほど、調査に関して公平さ、その調査法への疑問を重要だと思っていない人種と国はおそらく世界中でも珍しい。

マーケティングという言葉が日本へ入った時（おそらくK大学の村田某という教授あたりだったと思うが）、マーケティングの基盤には、市場調査が最も大切なことだった。

私は、その当時、最先端と呼ばれたマーケティングの講義で一番疑問に思ったのは、市場調査のいい加減さであった。その頃、調査会社が雨後の筍のようにあちこちで生まれた。

その調査会社にアルバイトに行った時、正確な調査よりも大切だったのは、どの方向に調査結果を持って行くか、ということと、どの程度の差異をつけて調査結果を出すか、ということだった。

初めに結論を、そうでなくとも、結果の方向性を決めるのが、プロデューサーの大きな仕事だった。この話、今のテレビの報道のやり方と大変よく似ている。

報道にとって〝真実を広く知らしめる〟などということは、すでに死語になっている。この言葉が生きているのなら、中国の新疆ウイグル自治区で実際に行われていることはとっくに暴かれているだろうし、命懸けでそこへの突進が試みられたはずだが、一向にそれらしきものはない。

暴けば、死者、行方不明者が必ず出る。それが、今の中国のやり方である。これは中国だけでなく、ミャンマー、北朝鮮、そしてどこよりロシア連邦で、平然と起こっていることなのである。

話を戻して、調査会社が信用がおけないにしても、菅政権の不支持率は度を越えている。

……大変だぞ。

菅政権へのダメージで最大のものは、今はワクチン接種の驚くべき遅さである。

私も今、高齢者の部類に入るので、毎日ワクチン接種の予約の電話を入れているが、まったくつながらない。

コロナへの対策としてワクチン接種に関しては、簡単に言えば、内閣が、菅総理が間違えたのだから、菅内閣は総辞職し、付随していた環境の整備はいくら金がかかってもやり抜くほうがよいだろう。

次に、これは菅総理から聞いた瞬間、

――えっ！　こんな聞こえのよい演説をいつ了承したのだろうか？

と思った。

それは、東京オリンピックは「人類がコロナに打ち勝った証のオリンピックにしたい」と、菅氏にしては珍しく大上段からはっきり言ってのけたことだ。

――オイオイ待ちなさい。そんな聞こえの良い言い方ばかりにこだわっていたら、今の内閣は早晩失くなってしまうよ。

オリンピックは開催できるか？

オリンピックに参加して来た世界各国の選手への感染防止策と、感染した場合の医療体制ができ上がっていなくては、開催は無理だ。

組織委員会が突然、五百人の看護師の確保をしたいと言い出した時、この五百人の数の根拠は、どこから来たのか？　誰一人説明する人はいなかった。

参加選手が命の危険な場所へ足を踏み入れることが、あってはならないことは常識である。どこの国に、息子や娘の命を危険にさらす親がいるだろうか。

ともかく菅氏は総理になって以来、ひさびさの悪評振りである。

テレビ、新聞、雑誌に出て来る菅氏の表情が最悪に近い。なぜこんなに不支持票が一気に増えたのか？

国民の大半が、

——あれっ？　こんなだったか？　こんな人だったたっけ？

と思ったはずだ。これでは内閣はもたない。

次に役人の大半が小物になり、自分たちの定年後のプランにしか目を向けなくなった。

ともかく菅政権は末期の表情になっている。

最後に、私の願いであるが、結婚式くらいは酒の提供を認めるべきだと思う。

結婚は当人たちだけが良ければ、それで済むというものではない。両家が、子供の結婚を機会に、いかに親密になり、お互いの家の者が信用、信頼を築いて行くかが大切なのである。

総理も、各知事も数字の話ばかりで、彼、彼女達のコロナに対する怒り、憤りが出て当たり前のように思う。

結婚式を人生の中で特別な儀式と考えるのは日本人の情感のあらわれである。

今、菅氏に言えることは、

——もっと明るく、嬉しそうにすることだ。

結婚式に酒を出すな、ということは結婚式を愉しむな、やるな、に等しい。

昔から変わらずにあるものを勝手に変えるのは犯罪である。

わからないこと

時々、小説家、作家は、どんなことも知っていて、何事を判断する場合も、賢明な選択をする人たちだと思い込んでいる人々がいる。

ハッハハ、そりゃ大きな間違いである。

小説家、作家の大半は、社会常識からかなり離れた場所、世界で生きており、何ひとつわかってない者のほうが、一般の人より多い。

——嘘でしょう？

嘘なものか。私が四十年余り、ずっと見て来た作家は、世間のことが何ひとつわかってない人のほうが多かった。国際情勢、社会情勢において、時折、事件や問題が起きると、新聞社が、事件なり顛末を報道し、その事件について（社会情勢でもいいが）作家、小説家を紙面に出して、彼等の見解を尋ね、その者が堂々と意見なり、見解を言っている記事を目にしたりする。

私は、その作家の名前を目にして、ドキッとしてしまう。

――オイオイ、アイツにいったい何がわかると言うんだ？

あのバカに、こんなことを訊いてどうしようって言うんだ、このボケ新聞社どもが。

この文章を読んで、

――えっ！　小説家、作家の先生って、そんなに何もわかってない人種なの？

と思われた方もいるだろう。そうですよ、それって社会の常識です。それを知らずに、尊敬なんかしてはヒドイ目に遭いますよ。

なのに、人々は私に質問する。近しいところでは家人（妻）、お手伝いさん、鮨屋の主人から板前、小料理屋のオヤジから女将、銀座のクラブのママ社長から、チィママまで質問する。

「先生、どうして日本だけ、こんなにワクチンが遅れているの？　私がこれまで日本より遅れてんじゃないのかナ、と思ってた国なんかより下の、下の、下の下の位置にワクチン接種量があるのって、おかしくありません？」

「たしかにそうだね。君の言うとおり」

「でしょう。じゃどうしてこんなに遅れたの？　誰のせいなの？　誰がイケナイの？」

「答えはキスより簡単。そりゃ日本のトップでしょう」

「トップって？」

「総理大臣でしょう」

「菅総理大臣が、日本のワクチンが遅れている犯人なの？」

「犯人は極端でしょう」

「でもワクチンが遅れているのが菅総理の判断ミスなら、その間に何人もの人がコロナで亡くなったのだから、菅って人は、人を殺したことになるでしょう。なら犯人じゃない？」

「そうか、たしかにそうだな」

私もそう思う。誰かが責任を取らねばならぬのなら、それは総理大臣が取るべきだ。なぜなら、彼が国民のワクチン接種を何より最優先して、命を救うぞ！　と言い出せば済んだだけのことである。

それが言い出せなかったのは、国民がコロナに感染して生死の境にあるのを無視しただけの話である。

次にオリンピックである。

菅総理は「やります」と言う。「やります」どころではない。「今度のオリンピックは人類がコロナに打ち勝った証しのオリンピックにする」ととんでもないことを言い出した。

今は西暦二〇〇〇年を少し過ぎたところだが、人類が過酷な感染症と戦うのは二百年から五百年の周期でやって来ている。そうして人類は、その感染症との闘いで、一度も勝っていない。斥《しりぞ》けるのがせいぜいで、感染症は潰滅していない。同時に人類も滅んでいない。その事実があるだけである。

それを「打ち勝った証しの祭典にする」と言い切った。愚かである。この主張はどうしようも修正のしようがない。

オリンピックは「やります」と「中止にしましょう」のふたつしかない。延期はやりますの果てである。中止の止は、止めるである。

ふたつの答えには交わるところが一ミリもない。

「東京でのオリンピックは中止します。その結論で、今日から東京はすべて動きはじめます。中止の理由は、コロナと闘っている時にオリンピックはできません」それだけである。

さらに言えば、「オリンピックの歴史の中で、開催国が戦争の最中に開催されたものはひとつもありません。コロナとの戦いは戦争と同じです。敗北するわけには行きません。オリンピックをやりながら戦えば、必ず日本という国は、コロナとの戦いに敗北します」。

以上が、非常識な小説家、作家のごく普通の見解である。

ともかくワクチンに関しては、菅総理と内閣全員が、その選択と決断を間違ったのである。誰一人、ワクチン最優先とは言わなかった。大失態どころじゃない。

ゴルフの全米プロが終わったが、優勝者を祝おうと、一万三千人がおしくらまんじゅう状態で囲んだ。あれで一人も感染者はいなかったのか？　松山英樹は疲れ過ぎである。きちんとスケジュールを作ってやらんと！

大切な別れ

東京オリンピックの七月開催を予測し、オーストラリアの女子ソフトボールチームが日本へ入国した。税関は上首尾に通過し、直前までのトレーニング場所である群馬県太田市へ向かった。

なぜオーストラリアで、女子ソフトボールチームか。深く考えないでよろしい。ＩＯＣが依頼したに決まっている。それも半年前くらいから具体的な話を進めて来たのだろう。太田市を前もってトレーニング場所に決めたのは三年前だ。ソフトボールは毎回、オリンピックの種目に選出されるかどうか微妙な立場にある。なら皆が尻込みする時、「私たちが行きましょう」という姿勢は、次回、次々回の選出の折の有利な材料になる。

私がオーストラリアの監督でも手を挙げ、選手と選手の家族を説得したろう。

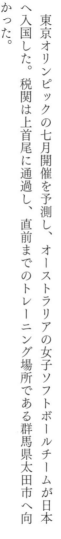

オリンピックの代表選手からのコロナ感染は必ず出る。当たり前である。今、台湾で感染がひろがった新種イギリス株は一ヵ月前が八十人だった感染者が七千人にひろがった。感染源は台湾の歓楽街での人々の行動だと言われる。いずれにしても、今の極東アジアにひろがりはじめたコロナは今後、オリンピック新種株と呼ばれることになるかもしれない。日本だけが無事ということはあり得ない。全世界から、それまでどんな暮らしをして来たかもわからない選手と関係者が一斉に入国して来るのである。ただで済むはずがないのは誰にでもわかる。

毎日PCR検査し、滞在状態を、送迎を、いくら隔離しても感染は必ず起こる。それぞれの国の人々の感染に対する考えが違うからだ。おまけにワクチンを打ち、自分たちは感染しない、と信じて動けば、想像を越えた行動をする。

柔道、レスリングなどは身体と身体がぶつかるし、寝技に持ち込めば吐息を吸い合わねばならない。怖いことだ。

それはそれで感染した折の対処がどう迅速にできるか。その対処法で人々が納得するか？その補償はどうするのか？

IOCに補償の能力が残っているのか。その場合、責任はIOCにあるのか。いやそれでは済むまい。日本国の責任はどうなるのか。「あれはＩＯＣが勝手にやったのだから」などと言えるわけがない。

それでも、菅総理は「日本でやる」と言い張るのである。

私は責めているのではない。

いつ中止にしても皆が納得する要素を並べているだけである。

コロナ禍での葬式及び〝お別れの会〟などはどうすればいいのか。

私はどんなカタチでもいいから、写真一枚に手を合わせるだけでも、方法はあると思う。工夫すればできるはずだ。そうでなければ、何年か後にやりたいと意志を示すのは、残された家族、子供の姿勢として決して悪いものではない。

以前、「結婚式は、感染しない範疇で皆が協力してやってやりなさい」と書いた。その際、老人や両親には、一杯でいいからお酒を飲ませてやるべきだと書いた。ずいぶん反応があった。

それほど結婚式は人生の中の大切な行事のひとつなのである。

葬儀、お別れの会も、そうである。

コロナ禍の中の葬儀、お別れの会の妙案があれば、ぜひ一報いただきたいものだ。
人が人を送るという行為は人間の基本であるのだから。

おかしいな

今回は簡単に、日本人の大半が思っていることを書いてみよう。

まず一番はこうだ。

「最初に思っていたのと、実際の人柄、能力がこんなにも違っていた総理大臣はこれまで見たことがない」

勿論、菅義偉総理大臣である。

「人が尋ねていること（記者でもいいが）と違った答えを言った後で、どの質問にも、国民の安心と安全を、と同じことをスピーカーのようにくり返して恥ずかしくないのか？」

その答弁が、どれだけ日本人の大半を失望させたかをまったくわかっていない。

次に、コロナに関しては、ワクチンの扱いについて、総理大臣をはじめ、内閣の誰一人、

った。「ワクチンを早く打てば、コロナに感染する人が半分以下になる」ということを口にしなかった。「ワクチンを打てば熱が出たり、ひどい場合は死んでしまうらしい」と、ワクチンのマイナス面ばかりを、総理大臣はじめ内閣全員が口を揃えて言っていた。正直、彼等はワクチンの効果に関して何も知らなかったに違いない。

その間にも多勢の人が感染し、亡くなったのだから、無知であった彼等は、その人たちを殺《あや》めた罪人である。

「逮捕して、なぜ刑務所に入れぬのか？」

次に、国民の半分以上が反対しているオリンピックをなぜ、彼等は強引にやろうとしているのか！

原因は金だと言うが、金なら国債でもあらたに売って、なぜ断わらなかったのか？

次にウガンダから選手団が九人来日して、その中の一人がコロナに感染していたのに、なぜ一緒の飛行機、バス、車、ホテルに同乗、同席していた残る八人を隔離するなり、即帰国させるなりしなかったのか？

彼等八人はあきらかに濃厚接触者以外の何者でもないのに、なぜそのまま国内へ入れてしまったのか？　案の定、さらに一人の感染者が出たのに、なぜすぐに残る七人と関係者を国外追放にしなかったのか？　すでに残る七人から感染してしまっている人の数は百人や千人じゃ済むまい。

——この責任は誰にあるのか？

目の前でオリンピック関係の感染者があらわれ、〝放ってたら大変なことになるよ。オジサン達！〟と子供ですら言っていたのに、何も対処しなかった総理大臣に責任のすべてはある。あの九人を即日帰国させる権限は総理大臣にはあったのである。

また日本人の大半が、飲食業者が酒を提供できないために窮地に追い込まれているのは十分に知っていた。それなのに、オリンピックの観客が酒を飲むのを許可したい、と言い出したバカがいた。そんなことを言い出したら、これまでの倫理がメチャクチャになるとわからなかったのだから、そりゃバカの発言としか言いようがない。

この国の政治家がまったく無能なのか？　よりによってまったく役に立たない政治家を、自由民主党という政党を支持してきた日本人はだまされ続けていたのか？　まったくわからない。

ここまで書いて言えることは、たしかに総理大臣はヒドイ状態である。しかしそれをもっと早くに、今日を予期して、追及することもしなかった日本のマスコミはいったい、自分たちに責任はないとでも思っているのか？

私に言わせれば総理大臣もマスコミも同罪である。

マスコミがおかしな質問をくり返すから、政治家もおかしな答弁で対抗するしか方法がないのではないか？

マスコミが少しでも正しいことをしており、信頼されるべき人たちなのであれば、〝オリンピックファミリー〟という訳のわからない人々の入国に、断じて反対を唱えるべきだろう。その根性のようなものが、どうして今のマスコミにはないのか？

国民の大半が反対するオリンピックに、朝日新聞だけが社説で反対を唱えたが、どうして他のマスコミは追随とは言わぬが、せめて代表者が集まって、全体としてどうすべきかを話し合わなかったのか？

報道の役割は、事情を伝えることもひとつだが、事情を伝えるだけで沈黙するのは、真の報道と言えないのではないか。

コロナ（感染症でもいいが）は一歩間違えれば、日本という国を滅亡させかねない。

「今度のオリンピックは人類がコロナに打ち勝った証しの祭典にしたい」

これほど愚かな言葉はない（菅総理が考えた言葉とも思えない）。この言葉を立案した内閣の、与党のどこかにいた人物を懲役刑に処さなくてはならぬだろう。

節度がない

国民の八割が反対した案件を強引に推し進めた総理大臣は、戦後二人しかいない。米国との日米安保条約を進めた岸信介と、今回のオリンピックの菅義偉総理である。

これがどういうことなのか菅内閣も、三役の政治家も、そして菅当人もきちんと理解できていまい。

松山英樹さんのゴルフの最終日、後半の闘いをテレビで観戦していて、今回のオリンピックの主役はやはりコロナ以外の何物でもないと思った。松山さんは大会出場する直前にコロナに感染した。その報を聞き、日本に入国すべきではない、と思った。彼が入国したのは、たいした発熱ではなかったのだろうし、中等症、重症の類いの感染ではないという判断を、当人を含めてスタッフが下したからだろう。

若い連中の判断しそうなことだ。彼ほどの体力があるアスリートが身体の異様を訴えたのだから、感染は相当な度合いであったろう。ところが、アメリカにおいても、ましてや日本においても、ＰＣＲ検査で陽性が出ても、医者は熱冷ましをくれるくらいのもので、その他の薬は何ひとつ提供しない。

——なぜか？

コロナの特効薬は何ひとつないのである。すでに感染症がひろがり一年半の歳月が経っているのに、患者に緊急に提供する薬は皆無なのである。信じられないことである。

今回オリンピックを強引にやることが決定し、東京を中心とする感染状況はこれまでにない最悪のものになった。私の周囲でも二人の編集者が感染した。

——可哀想なことだ……。

私はほぼ毎日、彼らに励ましの電話をかけた。それしか術がなかった。沈み切った彼らの声を聞きながら、

——頑張れ、弱気になっちゃダメだ。二週間耐え切ればコロナに勝てるからネ。

と励ました。

今、若者の間で流行しているというが、彼らは中等症、重症にはならないからと、自力で

家でじっとして快復を待っているそうだ。その数が都内だけで一万件以上というから尋常ではない。それを今頃になって、若者にもワクチンを打て、それが〝国家的使命〟と言い放った政治家がいる。小池百合子東京都知事である。もう出鱈目である。今さら何を言い出す。

　これほど感染がひろがり、あれほどオリンピックに反対していたのに、いざ中継がはじまると、日本は金メダルを十七個獲得していると騒ぎ始めた。節度がないというか、自分たちの置かれている立場と、昨日までの憂いなどどこ吹く風だ。

　訳もわからず〝勝った、勝った〟と大声を上げている姿が、敗戦続きの戦況の中で騒いでいた第二次大戦の国民の姿にそっくりである。

——勝てば大声を、拳を突き上げても許されるのか？

　許される訳ないだろう。日本人選手は勝った時にはしゃぎ過ぎである。

　卓球の出場選手の中に若い張本智和君がいる。この若者、まだ頭角をあらわす前から、一打一打勝つたびに相手に大声で拳を突き出すのが癖で、それを初めて見た時、

——オイオイ、こんなバカな行為が国際ルールで許されるわけがないだろう。

　と思っていた。

　ところが日本卓球界の上層部は注意すらすることなく許したのである。

――頭がおかしいんじゃないか、日本の卓球界の上層部は？　でなければ、非常識な人間の集まりでしかないだろう。親を呼びつけて注意をせねばダメだ。

ところが卓球界はメダル至上主義になっていたのである。ともかく早いうちに、敗者を侮辱することはしてはならぬということを理解させねばならなかったのである。

コロナで苦しんでいる人がこれだけいる中でＮＨＫ、民放を含めてアナウンサーは大声を上げ過ぎである。

――何を調子に乗ってんだ、このアナウンサーの大バカタレたちは。

中でも若いアナウンサーの頭をどつきたくなる。

「それにしても、若いアナウンサーたち（男、女にかかわらず）は、どうして良識に欠けるのだろうか？」

「それは伊集院さん、若い時にアナウンサーになってテレビに出たりしてチヤホヤされたいと思う根性が卑しいんだよ、連中は」

そうかな、もっとアホな理由がある気がするんだが……。

――今、大声を出すな。はしゃぐナ。

と言っても、その意味がわかるまい。

松山はなぜ敗れたか？　勝つ意志がきちんとない上、コロナに感染し、集中力が欠けていた。何よりも感染した当人とスタッフの責任である。普通の病気とは訳が違うのに気付かなかったのだろう。

それは松山当人も家族も、奥さまの親戚も、皆メダルを獲って欲しかっただろうが、そう簡単に喜びが舞い込むように世の中はできていない。

どうでもいい

他の人はどう考えているかはわからぬが、これだけ感動を叩き売りのようにされると辟易として、うんざりしてしまう。

だからメダルを手に何事かを話すメダリストの言葉も、

——何を勝手なことを言ってやがる。

と思ってしまう。

国民の八割方が反対していたオリンピックを、菅内閣と政府は強引に開催した。そのせいで東京に一挙に人流が集まりはじめ、コロナの感染が異様にひろがり、多くの人が入院し、亡くなった。亡くなった人に対しては国が責任を取るべきだし、総理は、その葬儀を行い、家族を一軒一軒回って詫びるべきである。

一人でも家族が亡くなった人たちにはメダリストの成功話、感動話など、どうでもいいことだ。

オリンピック憲章に、「オリンピズムの目的は、人間の尊厳の保持に重きを置く平和な社会の推進を目指すために」とある。感染症で死なせるのは構わない、とは謳っていない。

これだけの人の生命を犠牲にして得たメダルなら、まず最初に犠牲者の墓前、骨の前で、「ありがとうございました。お陰で……」と頭を下げるべきではないのか。

松山英樹はなぜメダルを逃したのか。コロナである。怖い病気なのである。人間から気力、体力を奪ってしまうのだ。稲見萌寧が二位になった時、NHKのアナウンサーが彼女にむかって、「あなたは日本のゴルフの歴史を変えましたね?」と言った。

こんな陳腐な言葉を堂々と選手にかけたアナウンサーはオリンピックの報道史上いない。どこが変わったというのだ。この男性アナウンサーは中継の時から間違いだらけで、自分が声を大きくして叫ぶのをひたすら待っているかのように言葉をつなぎ続けた。その話す日本語も出鱈目なら、ゴルフの知識もイイ加減そのものだった。そのバカアナウンサーを救ったのは、解説の森口祐子さんだった。もうひとつは一位を逃した瞬間に、稲見の歯ぎしりをしてコースを睨んでいる表情を捉えたカメラマンの冷静さだった。

冷静と書いたが、ともかく男子マラソンにしても、アナウンサーが喋り過ぎで、しかも冷静さを失って、一人興奮していた。

私はもともとアナウンサーという職業が嫌いであるし、私が若い頃、男子がアナウンサーを職業としたいと思うことはまずなかった。

――アナウンサーというのは、あれは女性の職業じゃないのか？

と本気で思っている男性が多かった。

それがいまやスター扱いである。

東京はコロナ感染者だらけである。

ここに来て、私の仕事を手伝ってくれている若い人も数人、コロナに感染した。すぐ入院なのか？　と思ったら、そうではなくて、自宅でひたすら静養して熱が下がるのを待ち、十四日間を耐えるしかないらしい。その間のクスリは、自前で調達した熱冷まし以外、何ひとつないと言う。なのに自宅で安静に療養してくれと総理も、東京都知事も平然と言ってのけた。クスリひとつなく、ひたすら耐えよ、とよく言えたものである。

では自分たちがコロナに感染してみたまえ。クスリひとつもなくて耐えられると思うか？ならクスリも用意できなくて申し訳ないと頭を下げるべきだ。

私は若い人が可哀想になり、毎朝、毎晩、電話をし続けた。
「どうだ？　熱は少し下がりましたか。そうか、そりゃ良かった。あと十二日だ。踏ん張るんだよ。二日耐えれば、あと十日だ」「おや、今朝は少し声が元気だぞ。熱は？　そうだろう。少しずつ良くなっているってことだ」

足かけ三年続けた新聞の小説連載が脱稿した。主人公は夏目漱石で、彼が牛込柳町で生まれてから、早稲田、本郷、神楽坂界隈で寄席を見学したり、家の蔵の中で古い絵画を見ながら育ち、錦華小学校や二松学舎に通ったり、お茶の水の井上眼科の待合室で見初めた娘に惚れ込んだり、のちの正岡子規と知り合い、上野精養軒で洋食を食べたり、好物の鰻丼に舌鼓を打ちながら俳句の話をしたり、子規が興じるベースボールを見たりする青春時代が描いてある。

漱石は根っからの江戸っ子である。

彼の初期小説の『坊っちゃん』で主人公が、四国、松山の田舎中学生に悪戯されて、「何だ、手前ら、こそこそ悪戯しやがって、このべらんめ〜」と怒ったのは、漱石の身に本当にあった話だそうだ。二階から下をぼんやり見ていたら、「おい、何をしてやがんだ、夏目。

そこから飛び降りるのが怖くて見てんだろう」とからかわれ、「何を言いやがる、このおたんこなす共が」と、すぐに二階から飛び降りて怪我をしたりする。これも嘘のような本当の話で、ともかく漱石は愉快な人物で、ユーモアにあふれている。

たいしたものだ

今夏、仙台、そして東北地方は大雨と猛暑をくり返した。大雨の原因は真夏に台風が日本列島を横断し、日本海にしばらく居ついたためである。

東京にいても、雨がそぼ降るということがほとんどない。降ればたちまちバケツをひっくり返した雨量になる。テレビで佐賀の嬉野や広島の多治比川の増水を見ていて、大丈夫なのかと心配になった。

コロナ患者の数がオリンピック開催と同時に大きくハネ上がった。

――やはりオリンピックはすべきではなかったのだろう。

人々がコロナ禍を不安視している中で、メダルを獲得した選手たちが両手を上げ喜んでいる。別に喜ぶナとは言わないが、やはり違和感があったし、スポーツ選手というのは大丈夫

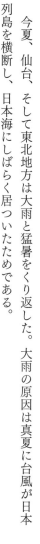

なんかいナ？　と思ってしまう。人間の生き死にとメダルの競争はどっちが大切なのかい？　そりゃ人間の命に決まっている。選手も勿論承知しているが、テレビの速報でコロナ感染者数の増大とメダル獲得のニュースが同じ大きさで同じ時期に流れるのを人々はどんな心境で眺めていたのだろうか？

横浜市長選挙で、菅総理の懐刀《ふところがたな》と目された小此木八郎候補が呆きれるほどの大差で敗れた。関係者は全員予測だにしなかったことで、急にマスコミが慌てはじめた。

——原因は何か？

菅氏のコロナ対策の失敗である。

大衆は今、コロナが一番怖くて心配なのである。横浜にカジノを、などというのはまったく投票する時には問題外だ。おそらく次の衆議院選で与党（自民党）は大敗するだろう。コロナ対策で、自宅待機で大半が薬もなしで過ごすようにというやり方は「死になさい」と言っているのと同じである。

大衆は、このコロナ対策で怒りを爆発させる寸前なのである。

そのうえ子供にも感染するというのに、休校にしない。理由はいくつ並べてもかまわないが、子供からの感染と死者が増えれば菅政権はまず崩壊するだろうし、そうさせることが人々の怒りの持って行き場所になる。

——議員先生たちよ、今、総裁選をやってる時ですか？　日本人はおとなしいという分析の下に物事をすすめているとエライコトになりますぞ（これが大半の先生はわかっていない）。

テレビでは総裁選挙のことを予測していろいろ評論家が話をするが、そんなことがコロナを心配し、人生で初めて死の不安を抱えて生きる人々に何の関係があるのか？

衆議院選は三十から四十議席減らしても過半数をとれれば問題ないと自民党の管理委員会のようなものが結論を出したそうだ。長く政治を見て来て自民党が大敗するパターンは驚くほど小さなことからはじまる。

今回はその可能性がかなりあると思う。

パラリンピックを見ていて、水泳なんかは、身体のどこが、どういうふうにライバルと差がある（逆に同じ条件になり得る）のかがどうもよくわからない。競技委員や医師が判断し、自己申告、周囲の判断でクラス分けするのだろうが、よくわからない。あれでタイムや、メダルの色が変わるというのは不公平な点はないのだろうか？　と正直思ってしまう。

大きなハンディをかかえてパラリンピックまで出場できた選手と周囲の努力はたいしたものだと思うが、それでもバスケットのゲームを見ていても、よくわからないところもある。

車椅子同士がぶつかり、転倒し、どうやって点が入ったのかが見ていてわからない時がある。私は井上雄彦氏の『リアル』という漫画を一巻目から読んでいるので、車椅子を上手く使いこなせるようになるまでの過酷な現実は他の人より理解しているつもりだが、勝敗の差というより、そういうものを如実に語れる第三者が本当にいるのだろうかとも思ってしまう。そう思うのは私だけなのだろうか？

〝解りやすさ〟はスポーツにとって大切なことである。そこをもう少しテレビの解説者も説明して欲しいし、ニュースも伝えるべきである。そうすれば、「そうか、なら彼女はよく頑張ったのだナ」とか「なるほど彼も、それでは口惜しかっただろう」と選手の気持ちに思いを寄せられるのではないか。

パラリンピックの骨子は57年前の東京オリンピックを開催する折にすでに話し合われており、大勢の日本人の尽力で今に至っている。テレビでその際の彼等の努力が語られていた。

——世の中にはたいした人間が大勢いるものだ。日本人もたいしたものだ。

と感心したのを覚えている。

中田翔選手が暴力沙汰で、日本ハムに処分された。事件の真相が出る前にジャイアンツが中田を受け入れた。何やら原監督が懐が深い男などという書き方を一部マスコミがしているが、違うんじゃないか？　中田も処分された時は言いたいことも謝罪したかったこともあっただろうし、そういう機会を球団の大人の男がきちんと用意してやるのが野球人の心得と違うのか？　これはおそらくひどい前例を残すだろう。

世間の風は冷たい

〝選挙は魔物〟と言うが、まさにその言葉どおりのことが起きた。

昨年の衆院選での、政権政党である自民党の重鎮たちの敗北である。中でも現役の幹事長であった甘利明氏、数々の大臣を経験した石原伸晃氏、菅政権の看板ポストであった初代デジタル相の平井卓也氏、万博相の若宮健嗣氏……と、敗れることがないと思っていた人たちが敗れた。

自民党の幹事長と言えば、多くの人が総理大臣になってきたポストだ。池田勇人、佐藤栄作（自由党時代）、田中角栄、三木武夫、中曽根康弘など、時代を背負った政治家のポストである。

それだけに、野党は甘利氏が幹事長になった途端、以前の事件の〝説明責任を果してな

い〟と蒸し返し、責め立てた。甘利氏の対応にも問題はあった。しかし、次から次に政治日程が変わり、幹事長の仕事は彼の身体を放さなかった。

政治家であれ、企業経営であれ、

――コレは放っておいたら危ない……。

と気が付けるかが分かれ道になる。そうでないと最終的にヒドイ結果を生み出す。

それにしても、選挙のプロでなくてはならぬはずの政治家当人とスタッフが、この危機を感じ取れなかったのは最悪である。

「何よ、あの先生。選挙の時だけペコペコしてさ……」

と言う人がいるが、当たり前である。勝つと敗れるで、これだけ差のある仕事は珍しい。

まだ比例があった人はいいが、そうじゃない人は、先生からタダの人に変わる。

世間の風は冷たいし、人の目が一変する。

選挙は、土下座しようが、泣いて頼もうが、勝たねば何もならない。

甘利氏の場合は、幹事長を引き受けた時から流れが変わった。

野党統一候補の成立が、選挙での僅差の戦いで如実に効果を発揮した。

〝時代が変わった〟〝新しい時代の到来だ〟と文章で、新聞の見出しで書くのは簡単なことだ。

岸田内閣は過半数を獲得できたので善シ！　とした。果してそれで、日本という国の航行は首尾よく行くのか？

難しいに決まっている。

——コロナで弱体化した日本の経済をどう立ち直らせるか？

——コロナの第6波は防げるのか？

これがもっとも難しい。

どこが難しいか？

それは5波以降、〝世界の奇跡〟と呼ばれるほど激減した日本の新型コロナ感染状況を、その激減の理由を、きちんと言える専門家も、内閣も、厚労省の役人も一人もいないからだ。なぜ減ったかがわからないのなら、いつでも爆発的に増えるということではないのか？

敢えて理由を考えると、

①コロナウィルスが5波の頃から弱毒化した。

②欧米諸国に比べ、日本人はワクチン接種後もマスク着用率がきわめて高い。

③入国の時に水際対策を徹底して、厳しく管理している。

④ワクチン接種により、症状が出ない無症状患者が増えて、それが感染者の数から除外された。

しかしいずれも人を説得できない。減った理由がわからぬなら、明日から増えても、その理由はわからぬ。事実、今のロシア、イギリス、韓国の増加には、これもきちんとした理由を言う人はいない。

ペストにしても、スペイン風邪にしても、最後は影が薄くなるように消えて行く姿が多くの記録にある。過去二〇〇〇年の地球で起きた大型感染症の、収束までの平均時間を調べると、これは三年から五年である。頼れるのは、その数値だけかもしれない。

第四章

忘れなくていい

こころの置き場所

新しい年の、文章初めである。

七十数回目の新年であるが、子供の時と決定的な違いがあるのだろうかと考えると、さして違いはないように思う。

二年前に大きな病いを患ったが、今はなんとかお医者さんたちの力、家族の懸命な介護で、当人は元気になり、なんとか新しい仕事にむかわねばと思っている。初心にも似た、その意欲、姿勢は、若い時のものと同じ気もする。

立ちむかう何かがあるというのは、それだけで恵まれているし、運も良いのであろう。

去年の暮れに、出版文化賞という褒美を頂いたが、要は〝なお踏ん張って働いて欲しい〟という叱咤に近い。

以前、立ちむかう何事かがある者は幸せだ、と書いたが、まったく正しい。

〝何かをしよう〟〝何事かに立ちむかおう〟という気持ちがなければ、人間という生きものは身体もこころも萎えてしまう。

一月は年の初めということもあり、各所でいろいろ行事がある。

〝事始め〟という儀式は、古くから日本にある仕事に必ず存在する。

数多ある行事の中で、私は成人式という行事が好きだ。

〝今日から君たちは大人だ〟

という宣言をし、もう子供ではない、大人の扱いをしますよ、という行事だ。

今年の春から、成人を十八歳にするらしいが、ならお酒を飲める年齢も準じていいのではないか。

私は若い人が、大人になることを意識することは大切なことだと思っている。

同時に、若い人を、或る時から、大人扱いすることも大切だと思っている。

〝大人扱い〟とは何か？

簡単に言えば、個人として尊重することであり、さらに解り易く言えば、〝甘やかさない〟ことである。

甘え、がないのであるから、厳しい、に決まっている。

大人になって、大人扱いされて、何か得なことがあるか？

――ない。ひとつとしてない。

なのになぜ若い人は、大人になりたい、という人たちが圧倒的に多いのか？　それは半人前扱いが嫌なのである。

私は、辛くとも、苦しくとも、人は大人になるべきだと思っている。大人として認めてもらうことは、何ものにも替えがたいものがある。


小学校へ上がり、すぐの頃だったと思うが……。担任の教師が女性であった。

今思えば、楚々とした先生で、美しい人であった気がする。

その先生が、何の授業であったかは覚えていないが、

「人には〝こころ〟というものがあります。そのこころが、目の前にひろがるものを、美しいと感じたり、やさしくされた時に、人のぬくもりを思ったりします」

というようなことをおっしゃって、彼女の白い手を、胸元に置いた。

それは、こころというものが、人間の胸の中にあるのだとでも言いたいようであった。

医者に言わせれば、胸の内には肋骨と心臓があるだけのことであろう。しかしそうではない、と誰もが言わざるを得ないものが、人間の身体の中にはあるのであろう。

大人になるということは、この〝こころ〟の置き場所をきちんとすることではないかと思う。

こころの置き方ひとつで、物事の見方、捉え方、処し方が変わってくるように思う。

〝こころの置き方〟とは、その人の〝構え〟と言うか、覚悟である。

固い話になったが、大人になることは、そんなに辛く、苦しいものでもないことを、私自身よく知っている。

海を見ていた

いやはやたいした力量である。

ハワイ・オアフ島で開催されたゴルフのソニーオープンの最終日、松山英樹を勝利に導いたショットの見事さである。

プロが打っても、百回に一回もああ行くことはない。それをプレーオフの大切な時に、彼はやってのけた。

さぞ現地の観衆は興奮したことだろう。２７６ヤードの距離を80センチにつけることは至難の業だが、こういうことが起こるのがゴルフというスポーツなのだろう。過去の劇的な勝利を見てみると、驚くようなショットが語り継がれている。ジーン・サラゼン、ボビー・ジョーンズ、彼等がアマチュアの時代にプロを負かしたことなど、時代が違うとはいえ、やは

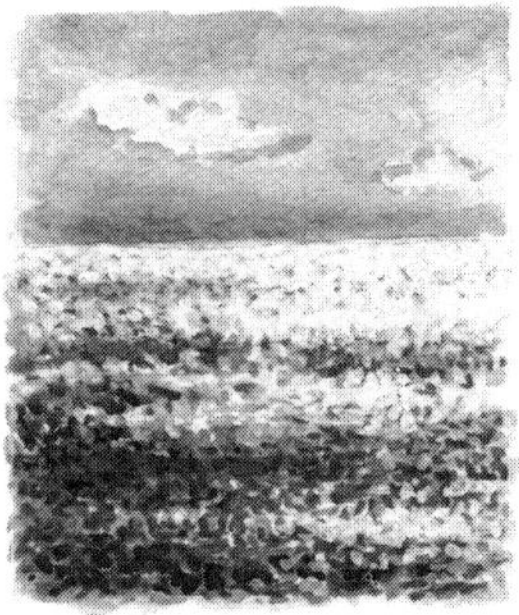

りゴルフというスポーツだから奇跡のようなことが起こるのだろう。

松山選手はマスターズに勝ってから安定してきたように見えるが、実際は精一杯のプレーをしているに違いない。

今回、印象的だったのは、最終日の16番で、入れれば相手に追いつける少し短めのパットを外した後のシーンだ。

彼は次のホールのティーショットを打った後、相手のプレーを見ずに、すぐにカメラに背をむけて、背後にひろがる海を見ていた。

——おや珍しい……。

想像するに、パットを外した己の気持ちを冷静にするために、目線を、眺めるものを変えたのだろう。

こんなことは今までなかった。成長したのだろう。人との戦いでは、少し見方、ものの捉え方を変えれば、必死になっている自分を冷静に見つめ返すことができる。

何を、どう考えたのかは、私たちにはわからないが、ともかく視線を、戦いとはまったく別のほうへ変えた。これができるようでできないのが、戦いの現場である。

これはスポーツ競技だけでなく、政治、経営、仕事の進め方、さらに言えば私たちの生き方にも言える。

水平線、波の様子――。そう言えば、トンガで海底火山の爆発があり、八〇〇〇キロ離れた日本の海岸に津波が押し寄せ、船舶に被害が及んだ。子供の頃、チリ地震の振動で波が起こり、日本の三陸海岸に押し寄せたというニュースに驚いたことがあった。気象庁の役人や地震学者の説明を聞いていた。

理屈はわかるが、実感がない。

その上、今回、気象庁は大失敗をした。最初の爆発後、気象庁は〝何も心配はいらない〟というニュアンスの発表をした。

だがその後で、私の携帯電話にまで、「津波がやって来るので警戒せよ」とエリア情報を流した。

津波の規模が大きかったら、何人もの犠牲者を出しただろう。これをマスコミは糾弾しない。なぜか？　地震が気象庁の専門分野とは、大半の人々のイメージにないからではないか。以前も書いたが、気象庁の組織替えを徹底しないと、大きな過ちを犯す気がしてならない。

オミクロンの感染拡大は驚くばかりである。

拡大の報道を見ていて、可哀想と思うのは医療従事者の感染である。その人の家族はどうしているのか？　どんな思いなのか。

――コロナの終息はいつなのか？

マスコミの一部が言い出した。今年の後半がそうではないか。その根拠は、これまでの主たる感染症の拡大と終息が、三年ないし四年というデータによる。だがデータはデータでしかない。

千年近い前から、感染症はどこから広がるかがよくわからない。それが百年から百五十年の間隔であらわれる。人類はずっとそれを繰り返している。それは日本列島における大地震と一緒である。

ならどうしたら、私たちはこの災いから生き延びることができるのか？

地震に関しての答えを申せば、これは備えるしかない。医療がどれほど進歩しようが、特効薬が生まれるケースはない。人類の宿命とは言わないが、何か、この災いを追いやる術はあるはずである。それを信じるしかない。

ともかく早くオミクロンの実態を把握することだ。デルタにしても、オミクロンにしても、その対策を一からやり直し、もう一度、彼等との戦いに歩み出すしかないのだろう。

思い出の詰まった家

この頃は早く起きるようになっている。

二回目の頭部の手術を受け、術後の結果が良くて、これまでは三ヵ月に一度、検査に行かなくてはならなかった身体の状況が、三年に一度の検査でいいと言われ、気持ちに余裕ができたからである。

先日、大学時代の野球部のエースと話をした。実は同級生の一人が熱海の北の山のほうに住んでいて、今回の土石流がそばだったが、無事だったことがわかった。私は手術直後の六月初旬に熱海の同級生の携帯番号を間違って押してしまい、自分の手術の話をしていた。

「伊集院、なぜあいつがおまえの手術のことを知ってて、俺が知らないんだ！」

「悪い悪い、実は……」

事の顚末を話したら、生体肝移植を受けたエースは納得してこう言った。

「これでおまえも俺が二ヵ月に一回、ふたつの病院へ、手術後の洩れが残ったりしてないかを検査に行く気持ちがわかっただろう?」

——いや、まったくそうだ。

私も一年半前に倒れて、運良く(奇跡的だと言う人もいるが)助かった。しかし、二、三ヵ月に一度、手術跡をCT検査しなくてはならない、言いようがない不安は正直辛かった。そのうち手術跡が芳しくないと言われて、また本格的に検査した。膨れていた血管の繫ぎ目を見て、

「ここにクリップ手術ができるのでは?」

とその手術では日本でも指折りの大谷先生が言い始めた。私は躊躇したが、妻や娘もやるべきと言い出し、六月の初めに八時間の手術を受けた。結果は成功した。

ICU(集中治療室)で、術後来た大谷先生と手を握ると、痛いほど強く握り返された。

——先生も喜んでいらっしゃるんだ。

とわかり、目を閉じた。

頭の中に入れたクリップはスイス製で、スイスに留学した大谷先生のチームがこしらえた

ものだった。

――もしかして助かったかもしれない。

倒れて一年半後、私は初めてそう思った。


土石流が起こった後、再び熱海の友人と連絡をとった。

「いや何年か前にも、ふたつ山むこうで崩落はあったんだ。しかし伊集院の手術と言い、世の中何があるかわからんな」

「そうだな。しかし君が無事で良かったよ」

「ああ、ありがとう。これでまた仕事を続けるのかな？」

「まあ無理しない程度だが、新しく書く小説のことを考えるのは悪い気はしないよ。三年後に始める新聞小説の契約もするし、今は時間が許せば福井に旅に行こうと思っている」

「福井に何があるんだい？」

「恐竜博物館だよ」

「恐竜って、あの恐竜かい？」

「そうだ。せっかく助かった命だ。子供の頃から好きだった恐竜を主人公にした小説を書いてみたくて北陸新幹線に初めて乗ってみる。ところで、その家はそのままか？　引っ越しするつもりはないのか？」

「ないよ。この年で思い出もたくさんあるし」

その通りである。家というものはどんな場所に建てようが、そこには十年なり、三十年なりの思い出が詰まっているのである。

「あの事故は人災でもあるのかね？」

友人に訊いた。

「たしかに盛り土をしているのは見た。それがすべてと思わんが、誰一人、崩落の危険があると叫び続けた人はいなかったナ」

私はこの数年、気象庁を根本から改革するか、ともかく上層部を一度、外へ出さねばダメだと思っている。ともかく考えが甘いし、予報は皆逃げの一手である。

あの気象予報士というのも、全員一度、試験をし直さなくてはダメだ。こうして二十七名の命が奪われることが起こるのだから。テレビの〝ひるおび！〟で恵という訳のわからん司会者と天気予報士があらわれて、おちゃらけて天気の予報をするのをイイ加減やめなくては、亡くなった人たちが可哀想だ。以前から私は言ってただろう。

——天気予報だけは間違ってもおちゃらけたら首が飛ぶぞ。真剣にやれよ。

静岡の土石流災害はあきらかに人災である。その責任は静岡県知事と気象庁長官にある。この二人を罪人として処さねば。国の司法が問われている。


ともかく今、感心するのは菅内閣の無能さと、政権の政治家の不勉強振りである。

「ともかく専門の先生たちのご意見を伺って、それを参考にして」

総理も政治家も平然と言い、ワクチンが手遅れになった。

今回、コロナがはじまった後、感染症の医師がきちんと話をできなかった。そればかりか毎日洋服を着換えているアホみたいな女医をテレビが使ったのは、感染症すなわち免疫学の医者が、医療全体の隅に追いやられていたからである。私の二十歳代からの主治医は免疫学では日本の権威だった。それで免疫学が何たるかを学んだのが良かった。

私たちは仲が良かった

東日本大震災から十年目を迎え、ここまで書いて、〝迎え〟という表現は違うのではないかと思い始めた。私の言葉に対するイメージでは、迎賓とか、迎春とか、迎える相手が幸をもたらすもののイメージがあったからだ。しかし違っていた。迎え火とも言うし、犠牲者と残された人たちのことを考えると、迎えるでイインデショウ。文章に関わる連中はこういうことに疑問を持ち、調べはじめると書斎の奥から、〝大言海〟やら面倒な大辞典を引きはじめる。「迎える」の昔の意味として、〝立っている人とひざまずいている人〟なんて訳のわからないのに惑わされ、気が付くと数時間が過ぎてしまう。

数時間あれば、小説の大作と呼ばれるもののおおかたのストーリーは出来上がるし、下手すれば中編小説の三分の一は仕上がる。

ひとつの作品に何年もかかるのは、あれは嘘である。才能がないだけで、やり方がマズイだけだ。

夏目漱石の『坊っちゃん』はおよそ十日で仕上がった。

――えっ！　本当に？

ほぼ本当である。

早いうちにそれを知ってれば、もう少しましな作品をいくつか残せたかもしれないネ。

さて振り出しに戻って、大震災から十年目を迎えたが、NHKがやたらと津波の映像を流した。勿論、先に断ってあるが、あれはどこかで規制をしないと、家族、家屋、村、里を流された人にとっては酷過ぎる。少し安易に流し過ぎてはいないか。倫理委員会があるのなら、きちんとその番組に必要な映像かどうかを審議して、やり過ぎなら、トップがきちんと記者会見し、頭を下げさせにゃイケマセンナ。NHKは今、どれだけ儲かってるか、それもついでに発表しなさい。

日本郵政から楽天が千五百億円の出資を受けるらしい。良いことである。日本郵政に関してはお茶の水の郵便局へ行く度、機能の悪さに、これじゃ傾くわナ、と思うが、増田寛也社長に替わって、融資などの大所《おおどころ》など、姿勢がきちんとしてヨロシイ。この人を内閣に入れて、主たる大臣にさせたほうがイイと思うが。まあこの人一人で何かが変わりはしないか。しかるべき人材があらわれると、やはり何かが変わるのだろうが、成功するのは五パーセントもあるまい。しかしこの五パーセントが大事なのである。

映像もしくは、動かずともスナップ一枚の強さは、文章と比べると格段に強い。

私は今、この文章を土曜日の朝七時に書いている（雨で楽しみにしていたゴルフが中止になった）。私は仕事の前に簡単に仕事場の掃除をする。途中、ノボ（愛犬。かつては東北一のバカ犬と呼ばれた）の写真立てを少し拭いたり、位置を直す。すると、その瞬間にさまざまな追憶があらわれる。これが結構コタエル。家人とお手伝いのトモチャンから、これまた、どこから出して来たのかというほど、愛くるしい表情、姿勢の写真が届いた。鳴き声と、彼の気持ちの内側が伝わって来る（勝手にこっちが想像しているのだが）。しばらく筆が止まる。まあいたしかたない。

——これほど、あの犬のことを思っていたのか……、という気持ちはない。

生きている間、私たちは十分仲が良かったし、通じ合い、無条件に認め合っていた。

桑田佳祐さんが南青山のブルーノートの無観客ライブで二十四曲を歌ったそうだ。どうやれば見ることができるのだろう。手に入れることができれば、ノボの供養にと花を送ってくれたヤンキースのGM特別アドバイザーの松井秀喜さんに送ってあげたいが、これは罪になるんだろうナ。

　仙台の仕事場に松井君が中学生か高校生の時、学校の廊下に立って、グラウンドに差す日差しを見つめている写真が飾ってある。よれよれの鞄を肩にして、ニキビ面の少年が光の行方を追っている写真である。これがイインダナ。その隣りにタケシさんと並んだ写真。武豊君と競馬新聞を二人で覗いている写真、父の骨壺からひとつ置いて、S社のSさんと二人してラグビー場のスタンドで立っている写真。それにしても、このところのラグビーのサンゴリアスの異様な強さはナンナンダ？　彼等が勝ち続けると、ビールがよく売れる。そのまま行ってしまえ。

　松山英樹のプレーヤーズ選手権が今イチ。フロリダへ行って、少し教えるか。ナンチャッテ。ゴルフも野球も、基本は真芯に当てること。投手はミットの、打者はバットの、ゴルファーはクラブの。それ以上も以下もない。

　これは小説も、文章も同じ。小技は技でしかない。真芯に当てる一行を書きなさい。

　今週は手術から一年半目の定期検査。半年に一度。これを、この先五十回くり返して、丁度九十六歳（何が丁度か？）。リーチ、タンヤオ、その、ロンでクンロクか？　今週はえら

く強気だが、私には長生きの手本がいらっしゃる。母である。すでに百歳は越えて「ちゃんとしてますか？」となお言われる。

信じる力

私の小説が出版された。伝記小説は四年振りだ。

四年前に、酒造メーカーの創始者・鳥井信治郎の生涯を書いた。日本人で初めてウィスキーをこしらえた人の物語だ。

何でもそうだが、物事を最初にはじめる人の苦労は並大抵ではない。そういう人は己の力のなさをよく知っている。それを知れば、一見、無謀に思えることをやめてしまうかと思えるが、そうではない。その人しか感じない嗅覚のようなものや、その人しか描けない未来の絵を描くのである。

古くはアリストテレス、ガリレオ等にはたしかにあったのだろう。

万人が「こっちだ。それはこっちだ」とすぐに指さす方へ、一人だけいっさい目をむけ

ず、まったく違う方からの光を感じる。

ウィスキーの鳥井信治郎のケースなら、皆が「アカンテ、こんなに商品になるまで樽に入れておくもんは商いにならん！」と言うなか、

——いや、なる！　なるはずや。必ずなる。

と信じたのである。

日本人のほとんどが、ウィスキーを知らぬ時代に、彼一人が信じて、むかって行った。ここに挑戦者の肝心、要《カナメ》がある。

これは計算できないものである。計算できないのだから、法則も、数式もない。

同じようなことが、最初に物語なり、日本人の小説に挑んだ人にも言えたろう。

夏目漱石の凄さは、実にそこにあり、大勢の子供たち、陽気すぎる、派手すぎる妻にも囲まれて、平然とやり続けた。

日本人の大半は、漱石を知っているが、彼の小説を読む人は今は少ない。ましてやどんな人物だったかは知らぬ。

漱石は赤児で里子に出され、子供の頃（夏目金之助と言った）から絵になじみ、友人と俳句なんかをこしらえ、進学のために、親から借りた学費を、地方の中学、大学で英語を教える

ことで返済して行った（苦労もしているのだ）。

二葉亭四迷、坪内逍遙と、小説の草創の人はいるが、やはり漱石が一番である。いまだに若い人が書店の棚から彼の作品を手に取る。そんな作家は日本にいないし、世界にもいない。

なら天才か？　いや違う。そんな素振りはいっさい見せない。ただただ面白いことが好きで、美人が好きで、猫に好かれて、四六時中、口髭をさわっていた。

ユーモアにあふれている。こんな素晴らしい人とは想像もしなかった。明治に、これほどの小説家と、人物がいたのが、日本人の強さでもある。私も漱石先生のことを書くまで、こんな素適な人とは知らなかった。知れば知るほど面白い。

小説よりも面白い人だった。

『ミチクサ先生』がタイトルで〝人生はストレートに行くより、いろいろ回り道、ミチクサした方が面白い〟という意味だ。

見本版が届いた。綺麗だった。装丁（本のデザイン）は田中久子さん。長く流行装丁家のアシスタントをしておられた。候補に上がった時、私は大声で「その久子さんに頼んで下さい！」とお願いした。装画は新聞連載の折の挿画をして下さった福山小夜さん。

驚いたことに漱石になついた黒ネコが、ノボ（犬です）のあとに我が家にやって来た黒ネコにそっくりだった。

——これって偶然でしょうか……。

足かけ三年（途中病気で中断した）に及ぶ連載が終了した翌夕、田中眞紀子さんから感謝の葉書きが届いた。嬉しかった。ずっと読んでくれている人がいた。どうやら文豪の生家と最後の家が、彼女の生まれ育った家の近くらしかった。

今、コロナに日本人が取り組んでいる時代だからこそ、漱石先生のことを知ってほしい。親友の正岡子規やら、弟子筋の物理学者、寺田寅彦も、若き日の芥川龍之介も登場して賑やかである。楽しんで読んでもらえばイイ。

どんな先行きかはわからぬが、この本が店頭に出て、善い報せが届いたらもう少し小説を書こうかと思っている。何やら自分のことばかりで申し訳なかった。

花の名前

まだ新人作家の頃、「物語の中に花がたくさん登場する作品を書いてもらえませんか？」と担当編集者から言われた。

「何なの、それって？」

その頃の私は青二才だったので、小説というものに大切なのは、作品の人物が語る、人としての在り方だと考えていたから、編集者の依頼に、

――何を言い出すんだ？　この人。

と少し腹立ちながらも、ともかく、それが要望なら、やるだけやってみよう、と結果百種以上の花の名前が登場する作品を書いた。

「ともかく花の名前がたくさん出るのよ」

と話題になった。

嫌々、書いたのではない。花は、母の影響で、名前を簡単に覚えられた。この話は他でも書いたので、軽く紹介する。

私は父の命令で、六歳の時、母屋から出て暮らすように言われた。母、姉三人、妹、お手伝い……と母屋は女性ばかりで、父はその中にいる少年の私を見て、

——女ばかりの環境で育てってはマズイ。

と考え、外へ出された。

安長屋の端にある部屋を与えられた私は、夜一人で寝るのも怖かった。それ以上に母は一人の淋しさが気になり、毎朝、部屋に掃除に入る折、牛乳瓶に、そのあたりで摘んだ花や、八百屋の店先の花を活けてくれた。母は丁寧な字で、小紙に花の名前を書いていてくれた。それを読んでいるうちに自然と花の名前と、花の姿を記憶していた。

まあ、変な子供だったのだろう（普通、少年は花の名前など記憶しないし、外で遊んでばかりいるものだ）。

その百種以上の花の名前が登場する小説は、『白秋』という作品で、初めて書いた恋愛小説だった。少し人気が出て、売れた。それだけならいいが、

――伊集院静という新人作家は、いずれ日本の恋愛小説の大切な作家になる。

などと新聞評に出て、その日から恋愛小説ばかりを注文された。

――嫌なこった！　恋愛小説なんぞ書けるか。

と若造は反発し、以来ずっと恋愛小説を書くことを嫌った（書いておけばよかったのに）。

ところが妙な噂が出た。

「伊集院さんは、すべての花の名前をご存知なのよ。この花の名前、勿論、ご存知ですよね？」

と小料理屋やレストランで女将やマダムから訳ありの笑みで訊かれることが増えた。

「そんなもん知りませんよ。桜と梅の違いもわからんのに……」

噂は一人歩きする。と或る新人女優さんから、「伊集院さん、花の名前の覚え方を教えて下さいナ。何も知らずに恥かしくて……」と言われた。

「そりゃ簡単です、春夏秋冬を上につけて、何の花ですか？　と訊かれたら、それは〝春の花〟です、と答えなさい」

すると、何言ってんのよ、このぐうたら作家という顔をされた。

花の名前を否応なしに覚えたのは、京都に数年いた時である。ほぼ毎晩、祇園に出かけた。祇園切り通しに〝おいと〟なる名店があり、そこの主人が店の棚やカウンターの隅に、見事な花を活けていた。

地元の人との会話が面倒で（なにせ京都の人間は腹の内を明かさない、どうしようもない連中ばかりだから）、なんとなく眺めているうちに、花の名前が身体に入った。

花の名前を知っていても、世間を渡るのに何の役にも立たない。

銀座に通うようになって、店の祝いに花を贈ることが多くなり、イイ花を贈るには、イイ花屋を見つけることだと教えられた。たしかに正解だった。長くは、日赤通り商店街の〝花長〟。イイ花屋は、茶の会に出入りをしている。ツクバネを教えてくれたのも店の女将で、今は息子さんが良い仕事をなさっている。銀座なら〝ツカサ〟が良いらしいが、女将にも、店の人にも逢ったことはない。花屋に娘を嫁がせた友人、奥さんが花屋をなさってる友人……いろいろと花屋とかかわる。

よく女性が、レストランをやりたいとか、花屋をやりたいわネとおっしゃるが、両方とも、美味い思いをしたとか、美しい仕事で良かったと聞いたことがない。

花は朽ちるし、ご馳走はたくさんのものを捨てねばならない。食品ロスほどヘキエキとするものはない。

花の名前は、よくよく聞くと、ナルホドというものが多い。人に名前があるように、花にも名前がある。

〝薔薇の木に薔薇の花さく。なにごとの不思議なけれど〟と綴《つづ》ったのは誰だったか……。

少しずつ片づけよう

師走に入って、大勢の前へ出て挨拶をせねばならぬ機会を持った。

ひとつはベストドレッサー賞。

もうひとつはK談社の出版文化賞である。

賞と名が付くのだから、誉めて頂くものであるが、前者については、大学時代の私の身なりを知っている元巨人軍のエースのYが「なぜ、おまえがドレッサー賞なんだ？」と当然の疑問をぶつけてきた。

それは私も同じである。学術・文化部門で頂いたが、壇上に立ってもなお首をかしげていた。

隣りに、家人がその人のデビュー時から贔屓にしている美し過ぎる女優の吉岡里帆さんが

いらしたので、よけいにドギマギした。

大病以来、約二年振りの人前での行動はやはり疲れた。しかし何とか踏ん張ったおかげで、大勢の人から連絡をもらった。

「病気以来、人前に顔を出してないんだから、元気なところを見せてやってよ。頼むよ、受賞して、表へ出て来てよ」

そう言って、私を推薦して下さったラジオ局の元名物社長の言葉が理解できた。こういう席に出るとなると、普段世話になっているブランドショップのユカリお嬢さんまでが「これを着て、ネクタイはこれでネ」と有難い。

そのお嬢さんがSNSに上がった授賞式の動画を見て、「あらっ、昔のプレイボーイが戻って来たみたい」と言っている。

——オイオイ、また遊び人に戻れってか？

今朝は雨が雪になりそうだ。北陸ではすでに降りはじめている。仕事場から見える泉ヶ岳は雪化粧している。ここは北国なのだ。

ひさしぶりに仙台の仕事場に座ると、周囲は本の山である。二十年間世界各地の美術館とゴルフコースを巡った旅で集めた本と、ゴルフショップで買い求めたものが、本棚の周りにあふれている。

――少しずつ整理をしよう。

これが思っていたより労力を必要とする。

しかし何よりは本である。いつかこういうものを書ければ……と集めた資料など、私にしか取捨の選択ができない。

積《つ》ん読《どく》と溜め置きはまず実行しない。容赦なく誰か欲しい方に譲るか、捨て去ることだ。

一番頭を痛めているのは、作家の後半期に書いた小説、随筆の生原稿（ダンボール数箱ぶんはあろうか）の処分である。

仙台の我が家のことの大半をやりくりして下さっているお手伝いのトモチャンが、殴り書き原稿を丁寧に整理し、取っておいて下さった。彼女の苦労を思うと、捨てることもできない。

誰かまとめて引き受けて下さる方や会がいらっしゃれば、差し上げたい。

現在の作家はほぼワープロで打つ。四、五人の作家が私と同様に手書きだ。生原稿が貴重だと言っているのではないし、打ち捨てれば済むのだが、お手伝いさんの苦労を思えば、そうはいかない。どうすればいいか、本当に悩んでいる。

ゴルフのほうはアイアン一本とパターを残せば、それで済む。

これまでスペイン、フランスとふたつの国をほぼくまなく回り、鑑賞した絵画、彫刻を同行のカメラマンに撮影してもらい、その絵画や美術館の様子と、私の紀行文章を半々で掲載した美術書を出版した。あとはイタリアでの旅をまとめる。ほぼ大半の街と美術館、そして本物（と思われる）の作品の記憶を辿って書けば、それでよい。

小説のほうはほぼ一年後に、十ヵ月近い連載をする。それを中心に、短、中編をまとめれば、この数年の仕事はメドが立つだろう。

目のほうは、由美子先生がロービジョンケアという方法で何とか本の活字が読めるように頑張って下さっている。周囲の皆がこのぐうたら作家に懸命にむかって下さる。頭が下がる。

ほどなく新しい年がやって来る。

感染症の歴史の記録を見ると、大勢の人々を犠牲にした感染症は、ほぼ百年から百二十年に一度やって来る。そうして、感染症はほぼ三年から五年で衰退している。

感染症と大地震は、それが襲来する間隔が似かよっているが、データはあくまでデータであるから、何とも言いようがない。

ひとつ言えることは、私たちが、その感染症を、世界の隅に追いやり、今日まで生き続けているということだ。

君はもういないのか

元旦を二十数年振りに仙台で過ごし、愛犬のノボが亡くなり、感慨にひたる間もなく上京した。片付けねばならないことがあった。

今年の前半は片付け仕事に追われそうだ。

まずは四十年近く面倒をみてくれた私のオフィスを整理する。オフィスを縮小し、常宿の近くに移し、常駐してくれていた人には、自宅で仕事をこなしてもらい、整理が終われば閉じる。

身を軽くするということであるが、元々身ひとつでの仕事であるから、企業の解体とはスケールも、やることも違う。

しかし作家のオフィスなどは、女房役、お手伝い役、秘書役のようなものだから、結婚と

同じで、一緒になったり、届け出たりするのは簡単だが、別離するとなると何倍もの労力が必要なのがわかった。

資料や本はさしてないが、細々《こまごま》とした取材ノートや、少しだが自著も贈答用に置いてある。これをすべて処分するのが意外と大変である。私の本を古書店が引き取るはずはなく、どこか学校の図書館で欲しいと希望する所があれば、有難いと早くに送って差し上げる。

どの作家も晩年は同じ事情をかかえるのだろう。私など著書数が少ないので（五百冊くらいか）まだましなほうで、長い間、売れっ子作家であった人は、単行本、文庫本、改訂本……と途方もない数になろう。ともかく思い立ったらすぐに始めろ！　である。

過去にこだわるナ（元々そうだが）、何かをしたと思うな（これからやることが私のすべてである）。

慣れない片付け仕事をして、誕生日（私の）が終わった頃、仙台に戻った。愛犬が仔犬だった頃の写真が数多く揃い、なつかしがって笑っていたら、グラッ、ドスン！　と来た。おや？　と思い、部屋の天井や壁を見回すと、大きく揺れはじめた。ミシィミシィと壁が音を立てる。点けていたテレビが傾いて倒れる。棚から本がドッドーッと落ち始める。

――イカン、こりゃ大きいぞ。

家人が大声で何事かを叫んでいる。鳴り続ける携帯電話に表示された震源地を覗いた。

——こちらがこの規模で、震源地が東京なら、関東大震災と同規模の地震になる。そうなれば、東京の大半は崩壊し、日本の経済は立て直しに三十年から五十年の歳月がかかる。本の出版なぞスッ飛んでしまう。ここぞとばかりにコロナが猛威を振るう。オリンピックの次の会長？　そんなことはどうでもよくなる。

幸い（こう書いていいのか）震源地は福島沖であった。福島の被害は大きかった。

しかし揺れ方を改めて振り返ると、家人も、駆けつけた義妹も、お手伝いさんの御夫婦も、口を揃えて、

「十年前の東日本大震災と同じくらい、いやそれよりも揺れた気がする……」

と言う。

あの時は午後で、私もすぐに家を飛び出した。庭の土が、近所の地面が、裂かれ、割れてしまう感じであった。ところが今回は夜中であったから、周囲の異変に気付くことはなかった。それでも規模は大きく、日本全国の北半分が大きく揺れていた。

一夜明けると、新幹線は停止した。しかし十年前の教訓が実ったのか、停電も、水道の停止も一部だった。

それでも揺れている最中に、

――これはすぐに大きな、今しがたの地震以上に大きな地震が来そうな気がする……。

と、なぜか感じた。なぜそう思ったのかはわからないが、そんな気がした。

今も余震が続いている。その中で仕事を続けるのは、やはりひと苦労である。グラッとか、ドドンと、全体が横揺れするものと、地面の底から突き上げるような揺れの二種類が二時間ごとにやって来ると、筆は止まってしまう。

ところが、こういうものに人間は慣れてしまうらしい。

十年前もそうだったが、今回も同様の感覚を持つようになるのだろう。

「今回は東京は揺れましたよ……。そちら（仙台）は大丈夫でしたか？　十年前より大きく長く揺れたように思います……」

東京の人々がそう感じたのは、やはり何かがあるのだろう。

夜明けまで眠れず、起き出してリビングへ行くと、ちいさなボールがひとつ転がっていて、それが余震で動いた。私はあわてて、それを拾おうとして、すぐにボールを咥えに来る影を待った。

影が、私の手とボールに近づいて来ることはなかった（ノボの影である）。

――そうか、君はもういないのか。

切ないような、苦しいような余震が続く中で、ボールを口いっぱいに咥えて、それをいったん地面に落とし、「ワン」（拾って投げてくれ）という声と、あのたまらなくいとおしい表情が、誰もいないリビングの暗がりで揺れていた。

そうか、君はもういないのか。

いったい何千人の人が、この切ない気持ちを味わったのだろうか……。

忘れなくていい

最後は看病ばかりだったノボが去ると、家の中は急に静けさがひろがった。私は手術後の定期検査もあり、東京での日々が続いた。

――鳥でも猫でも飼ってみてはどうか。

ノボの具合いが悪い時も、家人は餌のない冬の間、庭に来る二羽の鳥のために毎日、庭の木にリンゴを括《くく》りつけていた。いつしか番《つがい》の鳥がやって来て、その庭にとまっていた。

その鳥の姿を、家人と同じく愛犬を亡くしたお手伝いのトモチャンは楽しそうに眺めていた。二十年近く前、犬を飼う以前はこのようなことはなかったが、奇妙なもので犬でも猫でも飼うと、小動物に対する見方に慈愛が出るものらしい。

私もノボと長くいるようになって、たまにゴルフに出かけ、フェアウェーをゆっくり歩い

ている鳥の姿に、愛犬が歩く姿を重ねた。

家人とトモチャンの家に新しい家族が来たのは、私が検査入院をしていた時だった。二人は猫のことを話す時、声のトーンがあきらかに明るく、大きくなっていた。当人たちは知らぬが、このように明るい声を耳にするのは実に三ヵ月振りのことだった。

——それでイイ。

猫は、身体が大きい人間、声の大きい人を怖れると聞いたので、私は初対面の時から、ほとんど目を合わせず、近くに来ても手を伸ばさない。要するに無視するようにした。

元気な猫で、ともかくよく動き回る。見ていて、たいした運動能力である。

やがて慣れてくると、あちこち冒険というか入り込んでみるようだ。

昨日は書棚の、それも全集が並べてある三段目くらいに登って行き、本の奥に隠れ、何をしているのかわからぬが、家人が呼ぶと顔だけをヌーっと出し、薄闇から目を光らせ、どこか満足気に映る。よくよく見ると、その全集が夏目漱石と正岡子規であったので、〝吾輩は猫である〟を知ってのことかと苦笑した。

二十数年前、生家である山口の家に妹が飼っている猫がいて、よくよく聞くと、勝手に野良猫が入って来て居付いたと言う。真っ白な猫で顔に何ヵ所か疵《きず》があった。

「シロ（猫の名前）はこの辺りのボス猫よ。先日はハトを捕って来たわ。雀、鼠《ねずみ》なんかはもう何度もあるの」

私の父は動物がよくなつく人で、或る朝、散歩をすると、鶏がくっ付いて帰って来た。野良猫もチャッカリ家長であった父の膝に座り、我が家を自分のものにした。

同じことが漱石の家に入り込んだ黒い仔猫にもあり、妻の鏡子が何度も捨てて来るように女中たちに言ったが、気が付くと昼寝をしている漱石のお腹の上や、読書をしている漱石の膝の上に、チョコンと座り続けたらしい。

「あなた、大変です。猫が背中に。その猫、何度追い払っても戻って来るんです」

「そんなに居たいなら、しばらく置いてやれ」

それで、池に捨てられるか、雪中で餓死するかもしれなかった仔猫は、なんとか家に居つけるようになった。その猫を見た近所の老婆に「あら、この猫、爪まで黒いじゃありませんか。これは〝福猫《フクネコ》〟と言って、福猫が住む家はお金に困らないそうです」と言われ、子供（娘）が三人に女中たちも雇い、イギリス留学の借金のあった漱石は、この猫を家に置くことを決めた。

帝国大学、一高の講師をしていた漱石はやがて小説を書くようになり、猫の目から見た人間、そして人間社会は何とも滑稽ではないかと発想し、〝吾輩は猫である〟を「ホトトギス」という俳句の雑誌に執筆した。これが大評判になり、「猫の目から見える人間、家族は面白いし、第一、主人の先生は中学の教師らしい。そんな偉い人が女房からいつも叱られていて、俺たち庶民と同じじゃねぇか」と読む人が皆面白がった。森鷗外も高浜虚子も絶讃した。

それまでの日本人は小説を知らなかった。せいぜい浄瑠璃の戯作本や江戸からの黄表紙にある同じパターンの物語程度だった。

どんな世界でもそうだが、新しいものを創造する人は、その人自身がその創造物を楽しんだり、誰もが、その誕生、発見を望んでいたものを作る人である。エジソンの電球の発明や、フォードの自動車、ライト兄弟の飛行機など、皆がゆたかになる創造物が、社会にはいつも必要なのである。

漱石は特別な才能があったわけではない。家は江戸、牛込の名主であったが、すでに没落名主で、漱石は親から借金をして大学を卒業し、その借金を返すために四国・松山、九州・熊本で教師となって、勝ち気な妻を貰い、次から次に子供ができて、家計はいつも大変で、それでも、親友の子規にお金を工面したりした。困った人がいたら手を差しのべずにはおられない。弱い者いじめが大嫌いで、江戸っ子気質そのままの人で、よく言う文豪とか、気難しそうな写真の顔とはまるで違ったユーモアあふれた人だった。

多勢の人から好かれ、皆が漱石に教えを乞い、佳い作品があれば手放しで誉めた。芥川龍之介、内田百閒、中勘助……と、彼のやさしい懐に若い作家は入り、成長した。

漱石は一匹の猫と出逢い、名作を書き上げた。私は一匹の猫が急に近寄って来て、

――オイ、私に近寄るナ。何も書けはせん。

といたって不機嫌を通している。

だってそうである。あのバカ犬のことをそう簡単に忘れるような薄情な人間ではない。

【著者略歴】

◉1950年山口県防府市生まれ。72年立教大学文学部卒業。

◉81年短編小説『皐月』でデビュー。91年『乳房』で第12回吉川英治文学新人賞、92年『受け月』で第107回直木賞、94年『機関車先生』で第7回柴田錬三郎賞、2002年『ごろごろ』で第36回吉川英治文学賞をそれぞれ受賞。

◉16年紫綬褒章を受章。

◉作詞家として『ギンギラギンにさりげなく』『愚か者』『春の旅人』などを手がけている。

◉主な著書に『白秋』『あづま橋』『海峡』『春雷』『岬へ』『美の旅人』『羊の目』『スコアブック』『お父やんとオジさん』『浅草のおんな』『いねむり先生』『なぎさホテル』『星月夜』『ノボさん』『愚者よ、お前がいなくなって淋しくてたまらない』『琥珀の夢』『大人のカタチを語ろう。』『作家の贅沢すぎる時間』『いとまの雪』『ミチクサ先生』『一度きりの人生だから　大人の男の遊び方②』『読んで、旅する。旅だから出逢えた言葉Ⅲ』。

初出　「週刊現代」2021年2月20日号～2022年3月5日号
単行本化にあたり抜粋、修正をしました。

JASRAC 出 2201593-201

N.D.C. 914.6　190p　18cm
ISBN978-4-06-527658-7

もう一度《いちど》、歩《ある》きだすために　大人《おとな》の流儀《りゅうぎ》11

二〇二二年三月三〇日第一刷発行

著者　伊集院静《いじゅういんしずか》　

発行者　鈴木章一
発行所　株式会社講談社
東京都文京区音羽二丁目一二―二一　郵便番号一一二―八〇〇一
電話　編集　〇三―五三九五―三四三八
販売　〇三―五三九五―四四一五
業務　〇三―五三九五―三六一五
印刷所　凸版印刷株式会社
製本所　大口製本印刷株式会社
定価はカバーに表示してあります　Printed in Japan